KEN BRUEN

Delirium Tremens

TRADUIT DE L'ANGLAIS (IRLANDE)
PAR JEAN ESCH

nrf

GALLIMARD

Titre original :

THE GUARDS

Au ministre de la Justice
de janvier 1993 à décembre 1994

Remerciements spéciaux à Vinny Brown,
à la librairie Charley Byrne's, Phyl Kennedy et Noel McGee.

Il est quasiment impossible de se faire renvoyer de la *Garda Siochana*. Il faut vraiment y mettre du sien. Tant que vous ne devenez pas un objet de honte, ils sont prêts à tolérer presque n'importe quoi.

J'avais atteint la limite. Plusieurs

Mises en garde
Avertissements
Dernières chances
Sursis

Et je ne m'améliorais toujours pas.

Je ne dessoulais pas non plus. Ne vous méprenez pas : les *gardai* et l'alcool entretiennent une vieille relation, presque amoureuse. À vrai dire, un *garda* abstinent est considéré avec méfiance, quand ce n'est pas une totale dérision, à l'intérieur et à l'extérieur de la police.

Mon supérieur à la caserne de formation disait :

« On aime tous boire une pinte. »

Hochements de tête et grognements chez les jeunes recrues.

« Et le public aime qu'on aime ça. »

De mieux en mieux.

« Ce qu'ils n'aiment pas, c'est les canailles. »

Dix ans plus tard, j'en étais à mon troisième avertissement. Je fus convoqué devant un responsable, et on me conseilla de me faire aider.

— Les temps ont changé, mon gars. De nos jours, il existe des programmes de soins, des centres spécialisés, toutes sortes d'aides. Avoir un penchant pour la bouteille, c'est plus une honte. Là-bas, vous côtoierez le clergé et les politiciens.

J'avais envie de dire :

— C'est censé me motiver ?

Mais j'y suis allé. Une fois libéré, je suis resté sobre pendant quelque temps, mais, petit à petit, je me suis remis à boire.

Il est rare qu'un *garda* soit affecté chez lui, mais on estimait que ma ville natale me serait bénéfique.

Une mission un soir de février dans un froid mordant. Noir comme dans un four. Mise en place d'un contrôle de vitesse à la périphérie de la ville. Le sergent avait stipulé :

« Je veux des résultats, pas d'exceptions. »

Mon collègue était un type de Roscommon nommé Clancy. D'un tempérament accommodant, il semblait ignorer mon alcoolisme. J'avais emporté une thermos de café, blindée au brandy. Tout se passait bien.

Trop bien.

C'était calme. L'info concernant notre emplacement s'était répandue. Les automobilistes respectaient la limitation de vitesse de manière suspecte. Clancy poussa un soupir et dit :

— Ils nous ont repérés.

— C'est sûr.

C'est alors qu'une Mercedes passa en trombe. Clancy s'exclama :

— Nom de Dieu !

J'enclenchai la marche avant et on démarra. Assis à la place du mort, Clancy dit :

— Ralentis, Jack. Vaut mieux laisser tomber.

— Hein ?

— La plaque... tu l'as vue ?

— Ouais, et alors ?

— C'est un type du gouvernement.
— C'est scandaleux !
Je fis beugler les sirènes, mais dix bonnes minutes s'écoulèrent avant que la Merco s'arrête. Au moment où j'ouvrais ma portière, Clancy me retint par le bras et dit :
— Un peu de doigté, Jack.
— Ouais, c'est ça.
Je frappai à la vitre du conducteur. Il prit tout son temps pour la baisser. Avec un petit sourire narquois sur les lèvres, le chauffeur demanda :
— Il y a le feu quelque part ?
— Descendez.
Avant qu'il ait le temps de réagir, un homme assis à l'arrière se pencha et demanda :
— Que se passe-t-il ?
Je le reconnus. Un politicien en vue. Je dis :
— Votre chauffeur conduisait comme un dingue.
Il demanda :
— Savez-vous à qui vous parlez ?
— Oui. Au peigne-cul qui a niqué les infirmières.
Clancy essaya d'intervenir et il murmura :
— Bon Dieu, Jack, arrête.
Le politicien était descendu de voiture et il s'approchait de moi. Indigné au plus haut point, il braillait :
— Je vous ferai foutre dehors, espèce de blanc-bec impudent. Vous savez ce qui va se passer ?
Je répondis :
— Je sais exactement ce qui va se passer.
Et je lui écrasai mon poing sur la gueule.

IMPRUDENT

Il n'y a pas de détectives privés en Irlande. Les Irlandais ne le supporteraient pas. Le concept frôle de trop près l'image haïe du « mouchard ». Vous pouvez faire quasiment n'importe quoi en toute impunité, à part moucharder.

Je commençai par retrouver des choses. Une tâche aisée, cela nécessite uniquement de la patience et de l'obstination. Cette dernière, c'était mon point fort.

Je ne me réveillai pas un matin en criant : « Dieu veut que je trouve des choses ! » Il n'en a rien à foutre.

Il y a Dieu et il y a la version irlandaise. Celle-ci Lui permet d'être inepte. Ce n'est pas qu'Il ne s'intéresse pas, mais ça Lui casse les pieds.

À cause de ma carrière précédente, on croyait que j'étais bien placé. Que je savais comment ça fonctionnait. Pendant un certain temps, les gens se sont adressés à moi, ils réclamaient mon aide.

J'ai eu du bol et j'ai résolu des affaires. Un petite réputation a commencé à se bâtir sur de fausses bases. Mais surtout, je n'étais pas cher.

Le Grogan's n'est pas le plus ancien pub de Galway. C'est le plus ancien pub de Galway à ne pas avoir changé.

Alors que tout le reste devient

Unisexe
Allégé
Karaoké
Excessif.

Il reste fidèle au style d'il y a cinquante ans ou plus. Au-delà du classique. Crachats et sciure par terre, sièges en bois, stock limité. Le goût pour

Les boissons sans alcool pour ados

n'a pas encore été admis.

C'est un endroit sérieux pour boire sérieusement. Pas de videurs avec des talkies-walkies à l'entrée. Ce n'est pas un pub qu'on trouve facilement. Vous remontez Shop Street, vous laissez Garavan, vous prenez une minuscule ruelle et vous voilà arrivé.

J'aime ce pub car c'est le seul qui ne m'a jamais interdit l'entrée. Jamais, pas une seule fois.

Aucune décoration au bar. Deux crosses de *hurling* sont croisées au-dessus d'un miroir tacheté. Au-dessus, il y a un triple cadre. On y voit un pape, Saint Patrick et John F. Kennedy. JFK est au centre.

Les saints irlandais.

Autrefois, le pape occupait le poste de centre, mais après le concile du Vatican, il s'est fait virer. Maintenant, il s'accroche à l'aile gauche.

Position précaire.

Je sais pas quel pape c'est, mais il ressemble à tous les autres. Il est peu probable qu'il retrouve le poste de centre avant longtemps.

Sean, le patron, qui se souvient que Cliff Richard a été jeune, m'a dit un jour :

« Cliff était l'Elvis anglais. »

Épouvantable concept.

Le Grogan's était mon bureau. J'y passais la plupart de mes matinées à attendre que le monde vienne frapper à la porte. Sean m'apportait du café. Avec une dose de brandy dedans, « pour tuer l'amertume ».

Certains jours, il paraît si frêle que j'ai peur qu'il ne puisse pas faire les quelques pas jusqu'à ma table.

La tasse tremble dans la soucoupe, comme la pire des mauvaises nouvelles. Je lui dis :

— Prends un mug.

Horrifié, il me répond :

— Il y a des règles !

Un jour où il tremblait au même rythme que la tasse, je lui ai demandé :

— Tu penses prendre ta retraite ?

Il m'a répondu :

— Tu penses arrêter de boire ?

Normal.

Quelques jours après les courses de Cheltenham, j'étais assis à ma table habituelle. J'avais gagné quelques livres grâce au *hurling* et je n'avais pas encore tout dilapidé. Je lisais *Time Out.* Je l'achetais presque toutes les semaines. Le guide de Londres qui donnait la liste de presque toutes les activités de la capitale.

C'était mon plan.

Eh oui, j'en avais un. Il existe peu de choses plus mortelles qu'un alcoolique qui a un plan. Voici le mien :

Je rassemblerais tous les pennies que je possédais, j'en emprunterais d'autres, et direction Londres.

Je louerais un chouette appartement à Bayswater et j'attendrais.

C'est tout. J'attendrais.

Ce rêve m'aidait à supporter de nombreux lundis effroyables.

Sean approcha dans un bruit de cliquetis, posa ma tasse de café et demanda :

— Tu es prêt à partir ?

— Bientôt.

Il marmonna une sorte de bénédiction.

Je bus une gorgée de café ; il me brûla le palais.

Parfait.

Le choc du brandy après-coup explosa sur mes gencives

et cogna contre mes dents. Les instants qui précèdent la chute.

Le paradis incarné.

Dans *Duffy is Dead,* J.M. O'Neill a écrit que le brandy vous donne du souffle, avant de vous le reprendre. Et surtout, vous devez vous lever de plus en plus tôt pour picoler afin de dessouler avant l'heure d'ouverture.

Essayez donc d'expliquer ça à quelqu'un qui n'est pas atteint.

Une femme entra, regarda autour d'elle, puis se dirigea vers le comptoir. J'aurais aimé être mieux que ce que j'étais. Je baissai la tête et testai mes talents de détective. Ou plutôt, mon don d'observation. Je l'avais à peine regardée, que pouvais-je dire d'elle ? Manteau mi-long beige foncé, bien coupé, cher. Cheveux châtains jusqu'aux épaules. Maquillage, mais pas de rouge à lèvres. Des yeux enfoncés au-dessus d'un petit nez, une bouche puissante. Mignonne, mais pas excessivement. Des chaussures pratiques en beau cuir marron.

Conclusion : ce n'était pas ma catégorie. Elle s'adressa à Sean, qui pointa le doigt dans ma direction. Je levai les yeux alors qu'elle approchait. Elle demanda :

— Monsieur Taylor ?

— Oui.

— Puis-je vous parler ?

— Bien sûr, asseyez-vous.

De près, elle était plus jolie que je l'avais cru. Les rides autour de ses yeux étaient profondes. Question âge, je lui donnais la quarantaine. Je demandai :

— Je peux vous offrir à boire ?

— Ce monsieur me prépare un café.

Pendant qu'on attendait, elle m'examina. Pas de manière discrète, ouvertement, sans subterfuge. Sean arriva avec le café et, tenez-vous bien... une assiette de biscuits ! Je le dévisageai et il me dit :

— Occupe-toi de tes affaires.

Quand il fut reparti, la femme dit :

— Il a l'air très fragile...

Sans réfléchir, je répondis la pire des choses :

— Lui ? Il nous enterrera, vous et moi !

Elle tressaillit, comme pour esquiver. J'attaquai bille en tête :

— Que voulez-vous ?

Elle se ressaisit.

— J'ai besoin de votre aide.

— Comment ?

— On m'a dit que vous aidiez les gens.

— Si je peux.

— Ma fille... Sarah... elle... elle s'est suicidée en janvier. Elle n'avait que seize ans.

J'émis quelques bruits de compassion appropriés. Elle enchaîna :

— Je ne crois pas que... elle se soit suicidée... Elle... elle n'aurait pas fait ça.

Je m'efforçai de ne pas soupirer. Elle esquissa un sourire amer.

— N'importe quel parent dirait pareil, hein ? Mais il s'est passé quelque chose ensuite.

— Ensuite ?

— Oui. Un homme m'a téléphoné. Il m'a dit : « On l'a noyée. »

Je fus désarçonné. Je m'efforçai de raccrocher les wagons.

— Quoi ?

— Il n'a rien dit de plus. Uniquement ces mots.

Je m'aperçus alors que je ne connaissais même pas son nom.

— Ann... Ann Henderson.

J'étais à la traîne, mais de combien ? Il était temps de se mettre en marche. Je vidai d'un trait mon café allongé au brandy.

— Madame Henderson... Je...

— Non, pas madame... Je ne suis pas mariée. Le père de

Sarah nous a plaquées il y a très longtemps. Nous n'avions que nous deux... voilà pourquoi elle ne... jamais elle ne m'aurait laissée seule.

— Annie, quand ce genre de tragédie survient, les cinglés et les pervers pointent le bout de leur nez. Pour eux, c'est comme un signal. Ils s'abreuvent de la douleur.

Elle se mordit la lèvre inférieure, puis releva la tête et dit :

— Il *savait.*

Elle fouilla dans son sac, d'où elle sortit une épaisse enveloppe.

— J'espère qu'il y a assez. Ce sont les économies de notre voyage en Amérique. Sarah avait tout préparé.

Elle déposa ensuite une photo à côté de l'argent. Je fis mine de la regarder. Elle demanda :

— Vous voulez bien essayer ?

— Je peux rien vous promettre.

Je savais que j'aurais dû et pu dire un tas de choses. Mais je ne dis rien. Elle demanda :

— Pourquoi êtes-vous alcoolique ?

Pris au dépourvu, je répondis :

— Qu'est-ce qui vous fait croire que j'ai le choix ?

— Ah, c'est absurde.

J'étais à moitié en colère, pas complètement hors de moi, mais au bord. Je demandai :

— Pourquoi vous demandez à... *un alcoolique* de vous aider ?

Elle se leva, me jeta un regard noir et dit :

— On raconte que vous êtes doué, car vous n'avez rien d'autre dans votre vie.

Et elle s'en alla.

« ... réagit rapidement à la mission qui se présente. »

Rapport d'évaluation

Je vis au bord du canal. Mais à une longueur d'écharpe de l'université. La nuit, j'aime m'asseoir pour écouter les étudiants pousser des hurlements.

Et ils ne s'en privent pas.

C'est une petite maison de deux étages en haut et deux en bas, typique. Le propriétaire l'a divisée en deux appartements. J'ai le rez-de-chaussée. Une employée de banque prénommée Linda habite au-dessus. Fille de la campagne, elle a adopté les pires aspects de la vie urbaine. Une sorte de sournoiserie entendue.

C'est une jolie fille, d'une vingtaine d'années. Un jour où elle avait oublié ses clés, j'ai crocheté sa serrure. Enhardi, je lui ai demandé :

— Ça vous dirait qu'on sorte un soir ?

— Je n'enfreins jamais ma règle d'or.

— Laquelle ?

— Ne pas sortir avec des alcooliques.

Plus tard, sa voiture a été victime d'une crevaison et j'ai changé la roue. Elle m'a dit :

— Écoutez... au sujet de l'autre fois... J'étais hors limites.

Hors limites !

Tout le monde est quasiment américain, de la pire des manières.

Je me suis levé, les mains pleines de cambouis, et j'ai attendu la suite. Elle a ajouté :

— Je n'aurais pas dû dire... cette chose affreuse.

— Oubliez ça.

Le pardon est une drogue qui monte à la tête. Ça vous rend idiot. Je lui ai demandé :

— Alors, ça vous dirait de sortir, d'aller manger un morceau ?

— Oh, je ne peux pas.

— Hein ?

— Vous êtes trop vieux.

Ce soir-là, dans l'obscurité, je suis sorti en douce pour crever son pneu.

Je lis. Je lis beaucoup. Entre deux soûleries, je bouquine. Des polars principalement. Récemment, j'avais terminé l'autobiographie de Robin Cook, *Mémoire vive.*

La classe.

Un grand bonhomme.

Que l'alcool ait fini par le liquider constituait un lien supplémentaire. Au-dessus du miroir de ma salle de bains, j'avais placé son :

> *L'existence c'est parfois*
> *ce qu'un artilleur avancé voit*
> *des lignes ennemies à travers ses jumelles.*
> *Un spectacle lointain et troublant*
> *qui apparaît soudain de manière nette*
> *avec une abondance de détails obscènes.*

Ce sont les détails obscènes que je veux effacer avec chaque verre. Mais ils sont gravés sur mon âme, fétides. Impossible de s'en débarrasser en secouant la tête.

Dieu sait pourtant que j'ai essayé : depuis la mort de mon père, je fais une fixation sur la mort presque chaque jour. Je la porte en moi, comme une chanson dont on se souvient à moitié.

Un philosophe, La Rochefoucauld, a écrit que la mort

est comme le soleil. Nul ne peut la regarder en face. J'ai lu laborieusement les livres sur la mort.

Sherwin Nuland — *Comment mourir*
Bert Keizer — *Danse avec la mort*
Thomas Lynch — *The Undertaking*
Je ne sais pas si je cherchais
Des réponses
Du réconfort
La compréhension.

Je ne les ai pas obtenus.

Dans mon ventre s'était creusé un trou qui semblait toujours à vif. Après l'enterrement, le prêtre a dit :

— La douleur passera.

J'avais envie de hurler : « Allez vous faire foutre ! Je ne veux pas qu'elle passe. Je veux qu'elle s'accroche à moi, pour ne pas oublier. »

Mon père était un homme adorable. Enfant, je me souviens qu'un jour, il avait soudain débarrassé tous les meubles de la cuisine. Les chaises, les tables, empilées contre le mur. Puis il avait pris ma mère par la main et ils avaient dansé d'un bout à l'autre de la cuisine. Le rire gargouillait dans sa gorge, et elle avait crié :

— Idiot, va !

Quoi qu'il arrive, il disait :

« Tant que tu peux danser, tu es en tête. »

Il a dansé aussi longtemps qu'il a pu.

Je ne danse jamais.

« Les enfants morts ne nous offrent
pas des souvenirs,
ils nous offrent des rêves. »

Thomas Lynch, *The Undertaking.*

Je me suis rendu sur la tombe de la fille morte. Elle était enterrée au cimetière de Rahoon. Là où gît l'amant de Nora Barnacle.

Je ne saurais expliquer pourquoi je voulais prendre contact avec elle de cette façon. La tombe de mon père repose sur la petite colline. J'étais trop mal en point pour aller dire bonjour. J'avais l'impression de passer en douce. Certains jours, je ressens sa disparition trop intensément pour aller dire bonjour.

La parcelle de Sarah Henderson se trouvait près du mur est. C'est un des rares endroits qui reçoivent le soleil. Une croix artisanale et temporaire indiquait :

SARAH HENDERSON

Rien d'autre.

Je dis :

— Sarah, je ferai ce que je peux.

Devant les grilles, je trouvai une cabine téléphonique et j'appelai Cathy B. Elle répondit à la neuvième sonnerie par un :

— Quoi ?

— Ouah, Cathy... ce n'est pas une façon de répondre.

— Jack ?

— Ouais.

— Comment ça va ?
— Je suis au cimetière.
— Tant que tu n'es pas dans la tombe.
— Tu peux te charger d'un boulot ?
— J'ai besoin de fric, alors oui.
Je lui dressai le topo, avec les détails, et je dis :
— Interroge ses copains d'école, son petit ami...
— Ne m'apprends pas mon métier.
— Je suis désolé.
— Tu peux. Je te rappelle dans quelques jours.
Clic.

Il y a un an environ, je rentrais chez moi, tard, en longeant le canal. Après minuit, c'est un endroit animé. Alcoolos, camés, écoguerriers et cinglés de base. Je suis à ma place.

Un immigré voulut me vendre son manteau, mais à part ça, R.A.S. En arrivant à l'extrémité du canal, je vis une fille agenouillée devant un type. L'espace d'un instant, je crus qu'elle lui taillait une pipe. Jusqu'à ce que je voie la main du type se lever et s'abattre sur la tête de la fille. Je m'approchai derrière lui et lui balançai un coup de coude dans la nuque.

Il tomba contre le garde-fou. La fille avait le visage ouvert et un bleu apparaissait déjà sur sa joue. Je l'aidai à se relever. Elle dit :

— Il va me tuer.

Je décochai un autre coup de coude et le type fit :

— Urg... gh...

Je dis :

— Je ne pense pas.

Je demandai à la fille :

— Vous pouvez marcher ?

— Je vais essayer.

Je soulevai le type par sa chemise.

Debout.

Un.

Deux.

Et par-dessus le garde-fou.

Que son poids l'entraîne dans le canal.

Au moment où j'ouvrais la porte de mon appartement, on entendit des hurlements dans l'eau. Elle dit :

— Je crois qu'il ne sait pas nager.

— Ça gêne quelqu'un ?

— Pas moi.

Je préparai des grogs au whisky hauts comme des gratte-ciel.

Des tonnes de sucre
Des clous de girofle
5 litres de Jameson.

Je glissai le verre entre ses mains et dis :

— Avale ça.

Elle obéit.

Je mis Lone Star sur la chaîne, en commençant par « Amazed » Elle dit :

— C'est de la musique country ?

— Exact.

— C'est de la merde.

— Finis ton verre, tu t'en foutras ensuite.

Je l'observai attentivement. Cheveux hérissés, anneau dans le sourcil, épais maquillage noir appliqué à la truelle. Quelque part dans tout ça, il y avait une jolie fille. Elle pouvait avoir seize ans ou trente-six. Son accent était londonien, teinté de légères intonations irlandaises. Résultat, on avait toujours l'impression qu'elle allait se mettre à parler avec ce que les Anglais prennent pour l'accent du terroir.

Le fait que ça n'arrive jamais est à mettre à son crédit éternel.

Pas étonnant qu'elle me plaisait bien.

Un bataillon de lourds bracelets en argent s'alignait sur son bras gauche. Sans parvenir à masquer les vieilles marques. Je dis :

— Tu te camais ?

— Tu es flic, ou quoi ?

— Je l'étais.

— T'étais quoi ?

— J'étais flic.

— Putain de merde.

Voilà comment je fis connaissance de Catherine Bellingham. Elle avait échoué à Galway dans le sillage d'un groupe de rock qui jouait au Black Box. Ils s'étaient séparés, elle était restée.

— Je chante, dit-elle.

Sans préambule, elle se lança dans « Troy ». *A cappella*, c'est sûrement ce qu'il y a de plus difficile. Je n'avais jamais été un grand fan de Sinead O'Connor, mais en entendant cela, je changeai d'avis.

Cathy en faisait un chant lugubre d'une beauté noire. Stupéfait, je levai mon verre vers la lumière.

— C'est puissant.

Elle enchaîna immédiatement avec « A Woman's Heart ».

Eh oui, Mary Black exigerait elle aussi une réévaluation.

C'était comme si je n'avais jamais entendu ces chansons. Après, je dis :

— La vache, tu es douée.

— Ouais, hein ?

Je remplis nos verres et dis :

— À la beauté.

Elle ne toucha pas au sien et dit :

— La prochaine chanson, je la chante jamais, mais je suis bourrée alors...

C'était « No Woman, No Cry ».

Je suis alcoolo, je suis né avec ces sentiments. En l'écoutant, je regrettais de ne pas avoir la colombienne la plus forte qu'on pouvait trouver. Inversement, ça me donnait l'impression de pouvoir tenter le coup. Cathy s'arrêta de chanter et dit :

— Voilà, le spectacle est fini.

Je dis, sans réfléchir :

— Personne ne chante avec une voix aussi pure que ceux qui vivent dans l'enfer le plus profond.

Elle hocha la tête et dit :

— Kafka.

— Qui ?

— Il a dit ça.

— Tu le connais ?

— J'ai connu l'enfer.

DEUIL

En Irlande, on dit : « Si vous avez besoin d'aide, allez à la police... Si vous n'avez pas besoin d'aide, allez à la police. »

J'y allai.

Depuis mon renvoi, je recevais régulièrement, tous les deux ou trois mois, la lettre suivante :

MINISTÈRE DE LA JUSTICE

À Chara[1]

Conformément aux termes de votre mise à pied, vous avez obligation de restituer toutes les affaires appartenant au gouvernement.

Voir l'article 59347A de « Uniforme et équipement ». Or il est venu à notre attention que vous aviez omis de rendre l'article 8234. Une veste tout temps d'agent de la circulation.

Nous comptons sur vous pour restituer cet article au plus vite.

Mise le meas[2],
B. Finnerton.

1. Formule gaélique signifiant « Cher Monsieur ». (Sauf indication contraire, toutes les notes sont du traducteur.)

2. « Sincères salutations. »

Je fis une boule de la dernière lettre en date et la lançai en cloche à travers la pièce. Loupé. Dehors, il pleuvait à seaux alors que j'enfilais l'article 8234.

Il m'allait comme un gant.

Mon seul lien avec mon ancienne carrière.

Allais-je le restituer ? Mon cul.

Mon ancien collègue Clancy, de Roscommon, avait franchi les échelons de la hiérarchie. Arrêté devant la caserne de la *gardai*, je m'interrogeais sur l'accueil que j'allais recevoir.

J'inspirai à fond et entrai. Un *garda* âgé d'une douzaine d'années me dit :

— Oui, monsieur ?

Bon Dieu, j'avais vieilli à ce point ?

— Pourrais-je parler à l'agent Clancy ? Je ne connais pas son grade.

Le gamin avait les yeux qui lui sortaient de la tête.

— Le superintendant Clancy ?

— Oui, sans doute.

Méfiance.

— Avez-vous rendez-vous ?

— Dites-lui que Jack Taylor est ici.

Il réfléchit.

— Je vais voir. Attendez ici.

J'attendis.

Je lus le panneau d'affichage. La *gardai* était présentée comme une institution sympa et décontractée. Moi, je savais. Le jeune gars revint.

— Le superintendant va vous recevoir dans la Salle d'interrogatoire B. Je vais vous ouvrir la porte.

Ce qu'il fit.

La pièce était peinte en jaune vif. Une table solitaire, deux chaises. Je m'assis sur celle du suspect. J'hésitai à ôter ma veste, ils risquaient de me la confisquer. Je la gardai.

La porte s'ouvrit, Clancy entra. Rien à voir avec l'homme dont je me souvenais. Il était devenu corpulent, comme on dit. C'est-à-dire gros, en pire. Comme il convient à un superintendant sans aucun doute. Son visage était rougeaud, bouffi, flasque. Il dit :

— Merde alors !

Je me levai.

— Monsieur le superintendant.

Ça lui fit plaisir. Il dit :

— Assieds-toi.

Ce que je fis.

On prit le temps d'observer, de jauger. Aucun de nous deux n'était emballé par le résultat. Il demanda :

— Qu'est-ce que je peux faire pour toi, mon gars ?

— J'ai besoin d'un petit renseignement.

— Oh.

Je lui parlai de la fille, de la requête de sa mère. Il dit :

— J'ai entendu dire que tu étais devenu une sorte de privé à la con.

Je ne savais pas quoi répondre, alors je hochai la tête. Il dit :

— Je m'attendais à mieux de ta part, Jack.

— Mieux que quoi ?

— Faire ton beurre avec le chagrin d'une pauvre femme.

Ça faisait mal, car c'était proche de la vérité. Il se secoua et dit :

— Je me souviens de cette affaire. Un suicide.

Je lui parlai du coup de téléphoné et il répondit par un soupir dégoûté.

— Je parie que c'est toi qui as téléphoné.

Je fis un dernier essai.

— Je pourrais voir le dossier ?

— Ne sois pas idiot... et arrête de picoler.

— Ça veut dire « non » ?

Il se leva, ouvrit la porte et je cherchai désespérément une brillante réplique de fin. En vain. Alors que j'attendais qu'on m'ouvre la porte, il dit :

— Ne deviens pas une plaie, Jack.

— C'est déjà fait.

Je me rendis au Grogan's. Je me consolai en me disant qu'ils n'avaient pas eu ma veste. Sean était derrière le comptoir, il me demanda :

— Qui t'a bouffé ton gâteau ?

— Va te faire foutre.

Je fonçai à ma place habituelle et me laissai tomber sur le siège. Sean arriva avec une pinte et un petit verre de whisky.

— Je suppose que tu bois toujours.

— Je bosse... OK ?

— Sur ton enquête ?

— Quoi d'autre ?

— Que Dieu vienne en aide à cette pauvre femme.

Plus tard, l'alcool coulant à flot, je dis à Sean :

— Pardon si j'ai été un peu susceptible.

— Un peu ?

— C'est la pression que je supporte mal.

Il fit son signe de croix et dit :

— Dieu soit loué ! C'est rien que ça ?

« Quand un détective privé
a-t-il élucidé un crime ?
Jamais ! »

Ed McBain

Il y a des gens qui vivent leur vie comme s'ils étaient dans un film. Sutton vit la sienne comme s'il était dans un mauvais film.

On dit que la différence entre avoir un seul ami et aucun est infinie. Je suis d'accord. Ou qu'un homme qui n'a pas d'ami peut être considéré comme un raté. Je suis obligé d'être d'accord.

Sutton est mon ami. Quand j'étais jeune *garda,* j'avais été envoyé en poste à la frontière. C'est une affectation ennuyeuse avec de la pluie et encore de la pluie. Vous rêviez d'une fusillade. À la place, vous aviez droit à des saucisses et à des frites froides dans une baraque Nissan.

Les loisirs, c'était le pub.

Je picolais dans un endroit nommé, avec beaucoup d'originalité, le Border Inn[1]. Lors de ma première visite, le barman me demanda :

— Tu es de la flicaille ?

J'éclatai de rire. Il me dit :

— Je m'appelle Sutton.

Il ressemblait à Alex Ferguson. Pas en version jeune, plutôt le showman vociférant de l'époque glorieuse du triplé.

1. L'Auberge de la frontière.

— Pourquoi tu es flic ? me demanda-t-il.
— Pour contrarier mon père.
— Ah ! tu détestes ton paternel, hein ?
— Non, je l'adore.
— C'est un peu embrouillé dans ta tête.
— C'était un test, pour voir s'il essaierait de m'en empêcher.
— Il l'a fait ?
— Non.
— Tu n'as qu'à démissionner.
— J'y ai pris goût.

Durant mes mois d'affectation à la frontière, j'allai boire chez Sutton, régulièrement. Un jour où on devait aller au bal à South Armagh tous les deux, je demandai à Sutton :
— J'aurai besoin de quoi ?
— Un Armalite.

J'étais habillé avec mon Article 8234 et en chemin, Sutton me dit :
— Dis-moi que tu enlèveras ta veste au bal.
— Peut-être.
— Oh ! autre chose. Ne parle pas.
— Hein ?
— Ici, c'est un pays hors-la-loi. Avec ta façon de parler, on risque d'avoir des emmerdes.
— Et comment je fais pour danser ? Je leur glisse un mot sur un papier ?
— Bon Dieu, Taylor, c'est un bal ! On y va pour picoler.
— Je pourrais leur montrer ma matraque.

La soirée fut un désastre. Une salle de bal remplie de couples. Aucune femme libre à l'horizon. Je dis à Sutton :
— Elles sont toutes avec un mec.
— Évidemment, on est dans le Nord ici ; on n'est jamais trop prudent.
— On n'aurait pas pu aller au pub, plutôt ?
— Pour louper l'ambiance ?

Le groupe datait de l'époque des big bands. Neuf types

en blazers bleus et pantalons blancs, avec plus de clairons que dans l'armée.

N'importe quelle armée.

Leur répertoire allait des Hucklebuck aux classiques de l'Eurovision, pour s'achever crescendo avec les Beach Boys.

Vous n'avez pas connu l'enfer tant que vous ne vous êtes pas retrouvé dans une salle de bal de South Armagh avec la foule qui reprend en chœur « Surfing Safari ».

Sur le chemin du retour, Sutton conduisait sur une route dangereuse lorsque je repérai des phares dans le rétroviseur. Je dis :

— Hmm hmm.

La voiture de derrière fit plusieurs tentatives pour nous doubler, mais Sutton ne se laissait par faire. On finit par les semer près de la frontière. Je demandai :

— À ton avis, c'était quel camp ?

— Le mauvais.

— C'est-à-dire... ?

— Celui qui te suit à quatre heures du mat'.

Ce qui reste n'est pas toujours
le pire
de ce qu'on laisse.

Sutton s'installa à Galway, je lui demandai :

— Tu me suis ?

— Et comment.

Il décida de devenir artiste. Je dis :

— Branleur, plutôt.

Mais il avait du talent. Je ne savais pas si j'éprouvais de la joie ou de la jalousie. Les deux, sans doute ; se nourrissant mutuellement à la mode irlandaise. Ses toiles commencèrent à se vendre et il décida de se la jouer artiste. Il acheta un cottage à Clifden. À dire vrai, je croyais qu'il allait devenir un vrai connard.

Je le lui dis.

Il rit et répondit :

— C'est rien que de la frime. C'est comme le bonheur, ça ne durera pas.

En effet.

Il redevint comme avant en quelques mois. La pluie de Galway est capable de noyer presque toutes les prétentions.

Sutton, dans ses pires moments, valait mieux que la plupart des gens dans leurs meilleurs moments.

Après ma rencontre avec Clancy, j'appelai Sutton.

— À l'aide.

— Qu'est-ce qui se passe, vieux ?

— La police !

— Ah ! les poulets. Qu'est-ce qu'ils ont fait ?

— Ils ne veulent pas m'aider.

— Agenouille-toi et remercie le Seigneur.

Je décidai de le retrouver au Grogan's. Quand j'arrivai, il était en pleine conversation avec Sean.

— Salut, les gars !

Sean se redressa. Ce n'était pas une mince affaire. Ses vertèbres poussèrent des cris de douleur. Je dis :

— Tu devrais prendre du Radox.

— J'ai surtout besoin d'un putain de miracle.

Ils me regardèrent tous les deux avec l'air d'attendre quelque chose. Je demandai :

— Quoi ?

En chœur, ils demandèrent :

— Tu remarques pas un changement ?

Je regardai autour de moi. Toujours le même vieux pub avec la rangée de gros buveurs tristes au comptoir, enchaînés à leurs pintes par des rêves qui n'avaient plus cours. Je haussai les épaules. Ce qui n'est pas facile pour un homme de quarante-cinq ans. Sean dit :

— Pauvre aveugle, va ! Regarde là où il y avait les crosses.

Un tableau de Sutton. Je m'approchai. Apparemment, c'était une blonde dans une rue déserte. Mais ça pouvait tout aussi bien être la baie de Galway. Un des piliers de bar dit :

— J'aimais mieux les crosses.

Sean dit :

— Il a du talent, hein ?

Sur ce, il partit d'un air affairé pour nous préparer un café

Arrosé
et
Non arrosé.

— J'ai fait une expo chez Kenny. Ce tableau était vendu cinq cents guinées.

— Guinées ?
— Ouais, rien ne vaut une touche de classe. Ça te plaît ?
— C'est la baie de Galway ?
— Ça s'appelle *La Blonde au coin de la rue.*
— Oh !
— C'est un polar écrit en 1954 par David Goodis.
Je levai la main et dis :
— Plus tard, le cours.
Il sourit et dit :
— Tu n'es qu'un trouduc bouché.
Je lui parlai de ma nouvelle affaire. Il dit :
— Le taux de suicide chez les ados irlandais s'est envolé.
— Je sais, je sais, mais le coup de téléphone que la mère a reçu...
— Encore un malade.
— Oui, tu as sûrement raison.
Plus tard, on descendit Shop Street. Une Roumaine jouait du flageolet devant chez Eason. Disons qu'elle soufflait dedans par intermittence. Je m'approchai pour lui donner quelques shillings. Sutton s'écria :
— Bon Dieu, tu l'encourages !
— Je l'ai payée pour qu'elle arrête.
Elle continua.
Devant chez Anthony Ryan, un écoguerrier jonglait avec des torches enflammées. Il en laissa tomber une, mais resta imperturbable. Un *garda* marchait vers nous d'un pas tranquille. Sutton lui adressa un signe de tête et le *garda* nous salua.
— Messieurs.
Sutton me jeta un regard intrigué et me demanda :
— Ça te manque ?
Je savais de quoi il voulait parler, mais je demandai :
— Quoi donc ?
— La police.
Je ne savais pas et je dis :
— Je sais pas.

On entra chez Kenny, juste à temps pour voir un mauvais voleur à l'étalage glisser un bouquin de Patrick Kavanagh dans son froc. Des, le proprio, passa derrière lui et dit :

— Remets ça.

Le gars obéit.

On traversa le rez-de-chaussée pour atteindre la galerie. Deux tableaux de Sutton étaient exposés, avec des autocollants « vendu » bien en évidence. Tom Kenny dit :

— Tu fais des vagues.

On ne fait pas mieux en matière de compliments. Je dis à Sutton :

— Tu peux plaquer ton boulot.

— Quel boulot ?

Difficile de dire lequel de nous deux apprécia le plus cette réponse.

Les jours suivants furent consacrés au travail d'enquête. Pour retrouver les témoins du « suicide ». Il n'y en avait aucun. J'interrogeai le professeur de la fille, ses copains d'école et je n'appris quasiment rien. Si Cathy B. ne découvrait pas des preuves saisissantes, l'affaire était terminée.

Vendredi soir, je décidai de m'offrir un moment de détente. Deux pintes et un fish and chips à emporter. Hélas, je bus un peu trop et je passai à du sérieux. Black Bush. Trop nombreux pour que je m'en souvienne. J'eus quand même les frites. Avec un morceau de cabillaud jeté dessus pour que ça fasse plus substantiel.

Qu'y a-t-il de plus réconfortant que des frites imprégnées de vinaigre ? L'odeur rappelle l'enfance que vous n'avez jamais eue. En approchant de chez moi, j'étais dans un état de bien-être artificiel. Au moment où je me tournais vers ma porte, le premier coup m'atteignit dans la nuque. Suivi d'un coup de pied dans les valseuses. Pour une raison incompréhensible, je m'accrochai à mes frites. Deux types, deux costauds. Ils m'administrèrent une raclée de grands professionnels. Un mélange de coups de pied et de poing qui s'enchaînaient à un rythme précis. Sans méchanceté, mais avec un parfait sens du devoir. Je sentis mon nez se briser. Je jurerais avoir entendu le fameux craquement. Un des deux gars dit :

— Prends-lui la main et écarte-lui les doigts.

Je résistai.

Puis mes doigts se retrouvèrent étalés sur la chaussée. Elle était froide et mouillée. La chaussure s'abattit à deux reprises. Je hurlai de toutes mes forces.

Ils avaient terminé.

L'autre type dit :

— Il pourra pas se tripoter pendant un moment.

Une voix tout près de mon oreille.

— Fourre pas ton nez dans les affaires des autres.

J'avais envie de crier : « Appelez la police ! »

Alors qu'ils s'éloignaient, j'essayai de dire :

— Si vous voulez des frites, achetez-en.

Mais j'avais la bouche pleine de sang.

ces instants avant la conclusion...

Pendant quatre jours, je fis des poussées de fièvre au Centre hospitalier universitaire de Galway ; les gens d'ici continuent à l'appeler « Le Régional ». Dans le temps, si vous vous retrouviez là, vous étiez foutu. Maintenant, si vous êtes là, vous avez de la chance.

Une femme du quartier me dit :

— Avant, on avait des estomacs et rien à manger. Aujourd'hui, on a de quoi manger, mais plus d'estomacs.

Allez dire le contraire.

Je revins à moi ; un médecin égyptien était en train d'examiner mon dossier. Je demandai :

— Le Caire ?

Il m'adressa un sourire crispé et dit :

— Vous voilà de retour chez nous, monsieur Taylor.

— Sans le vouloir.

J'entendais la radio de l'hôpital. Gabrielle avec « Rise ».

J'aurais volontiers fredonné « Knocking on Heaven's Door » avec son groupe, mais j'avais la bouche enflée. Quand elle avait recommencé à chanter, j'avais lu que la tête du beau-père de son ex-petit ami avait été retrouvée dans une décharge à Brixton.

J'aurais aimé partager cette info avec le médecin, mais il était déjà parti. Une infirmière entra dans la chambre et se mit aussitôt à retaper mes oreillers. Elles font ça dès que vous donnez la moindre impression d'être bien installé.

Ma main gauche était enveloppée d'un épais bandage. Je demandai :

— Combien de doigts cassés ?

— Trois.

— Et le nez ?

Elle hocha la tête et dit :

— Vous avez de la visite. Vous vous sentez d'attaque ?

— Évidemment.

Je m'attendais à voir Sutton ou Sean. C'était Ann Henderson. Elle eut le souffle coupé en me voyant. Je dis :

— Vous devriez voir l'autre type.

Elle ne sourit pas. Elle s'approcha et demanda :

— C'est à cause de moi ?

— Hein ?

— C'est à cause de Sarah ?

— Non... non... bien sûr que non.

Elle déposa un sac en papier sur le casier.

— Je vous ai apporté du raisin.

— Pas du scotch, par hasard ?

— C'est bien la dernière chose dont vous ayez besoin.

Sean apparut sur le seuil de la chambre.

— Nom de Dieu !

Ann Henderson se pencha pour déposer un baiser sur ma joue, puis murmura :

— Ne buvez pas.

Et elle s'en alla.

Sean s'avança vers moi, dificilement, en disant :

— Tu as dû sacrément énerver quelqu'un.

— C'est mon métier.

— Quelqu'un a appelé les flics ?

— C'étaient les flics.

— Tu plaisantes.

— J'ai vu leurs chaussures, d'un peu trop près même. Je peux te dire que c'étaient des flics.

— Nom de Dieu !

Il s'assit, plus mal en point que moi. Il posa un sac de chez Dunnes sur le lit.

— J'ai pensé que tu pouvais avoir besoin de ça.

— Il y a à boire ?

Je me faisais l'impression d'être le pasteur fou dans *Father Ted*. Je fouillai dans le sac en plastique.

6 oranges
Du Lucozade
Une boîte de Milk Tray
Du déodorant
Un pyjama
Un chapelet.

Je brandis le chapelet et demandai :

— On t'a dit que j'étais dans quel état ?

Il glissa sa main à l'intérieur de sa veste et sortit une flasque de Jameson.

— Que Dieu te bénisse.

Je bus au goulot et sentis l'alcool titiller mon nez cassé. Il rebondit contre mon cœur et martela mes côtes endolories. Je retins mon souffle.

— Brutal.

Sean piqua du nez. Je criai :

— Service !

Il sursauta. Il semblait désorienté et pire que ça : vieux. Il dit :

— Cette chaleur, bon Dieu... Pourquoi ils chauffent comme dans un four...

Les antalgiques y étaient peut-être pour quelque chose, mais je me sentais complètement bourré. Je demandai :

— Où est Sutton ?

Sean détourna le regard et je dis :

— Quoi ?... Réponds !

Il baissa la tête et marmonna. Je dis :

— Parle plus fort... je déteste quand tu fais ça.

— Y a eu un incendie.

— Oh, nom de Dieu !

— Sutton va bien, mais le cottage est détruit. Tous ses tableaux aussi.

— C'était quand ?

— Le même soir. Quand tu t'es fait tabasser.

Je secouai la tête. Mauvaise idée : le whisky clapota derrière mes yeux. Je dis :

— Qu'est-ce qui se passe, bordel ?

Le médecin réapparut.

— Monsieur Taylor, vous devez vous reposer, c'est primordial.

Sean se leva et posa la main sur mon épaule.

— Je reviendrai te voir ce soir.

— Je ne serai plus là.

Je balançai mes jambes hors du lit. Affolé, le médecin dit :

— Monsieur Taylor, j'insiste pour que vous restiez couché.

— Je me tire... CAM... c'est ça ?

— CAM ?

— Contre l'avis du médecin. Hé, vous ne regardez pas *Urgences* ?

Je fus pris de vertiges, mais l'alcool voyageait à mes côtés. Mon sang réclamait à cor et à cri des pintes de Guinness crémeuses. Sean portait tous les malheurs du monde sur son visage.

— Sois raisonnable, Jack.

— Raisonnable ! Je ne l'ai jamais été.

Je consentis à prendre un taxi, et tandis qu'on me poussait vers la sortie dans un fauteuil roulant, une infirmière dit :

— Pauvre idiot.

SUPER CIREUSES

La bonne sœur lisait Patricia Cornwell. Elle vit que je jetais un coup d'œil à la couverture et dit :

— Je préfère Kathy Reichs.

Il n'y a pas de réponse à cela. Pas de réponse polie, du moins. Je demandai :

— Je suis en avance ?

Elle posa son livre à contrecœur et dit :

— C'est dans une demi-heure. Vous pouvez vous promener dans les jardins.

Ce que je fis.

Le couvent de Poor Clare est situé en plein cœur de la ville. Tous les dimanches à dix-sept heures trente, il y a une messe en latin. C'est comme faire un bond de cinquante ans en arrière. Carrément médiéval.

Le rite, l'odeur de l'encens, les intonations latines offrent un réconfort indicible.

Je ne sais pas pourquoi j'y vais. Parlez-moi de croyance et je prends la page des courses hippiques. Dans un moment de relâchement, j'en avais parlé à Cathy B. Depuis, elle me tannait pour m'accompagner. Je lui demandai :

— Pourquoi ? Tu es une sorte de païenne anglaise.

— Je suis bouddhiste.

— Tu vois, c'est bien ce que je dis. Pourquoi diable est-ce que tu veux venir ?

— Ça fait tellement *Brideshead.*
— Hein ?
— En Angleterre, le haut catholicisme est réservé à l'élite. Evelyn Waugh, Graham Greene, tous convertis.
Elle m'épuisait. Je la vis entrer dans le couvent. Je l'avais prévenue : « Habille-toi comme il faut. Pas de trip gothique. »
Elle portait une robe longue. Parfaite pour un bal à la Bank of Ireland, mais pour la messe ! C'est alors que je remarquai les Doc Martens.
— Des Docs !
— Je les ai cirées.
— Mais elles sont bleues !
— Les bonnes sœurs portent du bleu.
— Qu'est-ce que tu en sais ?
— J'ai vu *Agnès de Dieu.*
Elle remarqua mon nez, mes doigts dans le plâtre et haussa les sourcils. Je lui expliquai. Elle dit :
— Ouah, cool.
— Hein ?
— Tu crois qu'ils vont s'en prendre à moi ?
— Il n'y a pas de « ils », c'est une coïncidence.
— Ouais... c'est ça.
La cloche sonna. Cathy demanda :
— Comment je saurai ce que je dois faire ?
— Fais comme moi.
— On risque de se faire virer.
À l'intérieur, la minuscule église était chaleureuse et accueillante. Cathy saisit une feuille de cantiques et glapit :
— On va chanter.
— Ce n'est pas pour toi.
Mais si.
Les fidèles entonnèrent les chants. Cathy chanta plus fort que tout le monde. Après, une bonne sœur, vint la féliciter et lui demanda :
— Voudriez-vous venir chanter un dimanche ?
J'intervins.

— Elle n'est pas des nôtres.

Cathy et la bonne sœur m'adressèrent un regard plein de mépris. Je sortis la queue basse.

Le père Malachy était arrivé. À peine descendu de son vélo, il alluma une cigarette. Je dis :

— Vous êtes en retard.

Il sourit et répondit :

— En retard pour quoi ?

Malachy ressemblait à Sean Connery, à part

Le bronzage

Le golf.

On ne pouvait pas le qualifier d'ami. Les prêtres ont d'autres loyautés. Je le connaissais depuis que j'étais gamin. Il vit mes blessures et dit :

— Tu continues à boire.

— Ça n'a rien à voir.

Il sortit ses cigarettes. Des Major. Le paquet vert et blanc. Aussi fortes qu'un coup de pied de mule et deux fois plus mortelles. Je dis :

— Vous continuez à fumer.

— Comme Bette Davis.

— Elle est morte.

— Justement.

Il regarda deux bonnes sœurs et dit :

— Super cireuses.

— Hein ?

— Pour cirer. On ne peut pas faire mieux.

— Quelle est la position de l'Église au sujet du suicide, ces temps-ci ?

— Tu veux nous quitter ?

— Je parle sérieusement. C'est toujours le même refrain ? : « Vous ne pourrez pas être enterré dans un lieu sacré. »

— Ah ! tu n'es plus du tout dans le coup, Jack.

— C'est une réponse ?

— Non, c'est une triste réalité.

RÉALITÉS

Cathy et moi « mangions dehors », littéralement. Au Spanish Arch, avec des plats asiatiques à emporter, face à l'eau. Elle dit :

— J'ai fait mon rapport.

— Finissons de bouffer avant.

— D'accord.

Je jetai quelques nouilles frites aux cygnes. Ils ne semblaient pas en raffoler. Un clodo s'approcha et demanda :

— Z'auriez pas un billet de cinq ?

— Je te file une livre.

— Du moment que c'est pas un euro.

Il reluquait la bouffe, je lui proposai la mienne. Il la prit avec énormément de réticences et demanda :

— C'est étranger ?

— Chinois.

— J'aurai encore faim dans une demi-heure.

— Tu as une livre.

— Et ma santé.

Il repartit d'un pas tranquille pour aller embêter des Allemands. Ils le prirent en photo. Cathy dit :

— Avant de faire mon rapport, je peux te raconter une histoire ?

— Je peux en raconter aussi.

Elle se lança.

— Mon père était un comptable de second ordre. Tu connais la vieille blague : « À quoi on reconnaît un comptable extraverti ? Il regarde *tes* chaussures. » Bref, il a bossé jusqu'à cinquante ans sans avoir aucune promotion. Ma mère le harcelait à mort. Je me souviens surtout qu'il possédait dix costumes. Tous identiques, ce qui provoquait la colère de ma mère. Comme disent les Irlandais, c'était « une vraie terreur ». Mon père, lui, m'a toujours traitée avec gentillesse et générosité. Quand j'avais neuf ans, il a perdu son boulot à cause de l'alcool. Ma mère l'a foutu dehors. Il a pris ses dix costumes et il est allé vivre sous Waterloo Station. Dans les tunnels. Il portait un costume jusqu'à ce qu'il soit sale, et ensuite, il le foutait à la poubelle. Arrivé au dernier costume, il s'est jeté sous le 9 h 05 en provenance de Southampton.

— L'express.

— Je le détestais parce que ma mère le détestait. Puis quand j'ai compris qui *elle* était, j'ai commencé à mieux comprendre mon père. Un jour, j'ai lu que la mère de Hemingway lui avait envoyé l'arme avec laquelle son père s'était suicidé. Ma mère n'était pas du genre à donner dans la méchanceté délibérée. Après sa mort, il a fallu que je débarrasse ses affaires. J'ai découvert des horaires de train avec les arrivées à Waterloo. Peut-être pensait-elle qu'il avait enfin appris à bien se conduire.

Elle pleurait, les larmes coulaient sur son visage et tombaient dans les nouilles au curry avec un petit tintement, comme la pluie sur une plaque de verre. J'ouvris notre unique bouteille de vin et la lui tendis. Elle la repoussa.

— Non merci. Tu es toujours aussi ignorant au niveau technologie ?

— Oui.

— Je vais faire simple. J'ai entré un certain nombre de données dans l'ordinateur, les suicides d'ados au cours des six derniers mois, et j'ai eu deux touches. Tu as déjà entendu parler de Planter ?

— Le fabricant de beurre de cacahouète ?
— Non. C'est un énorme magasin de bricolage derrière Edward Square.
— Là où il y a le nouveau Dunnes ?
— Oui.
— Edward Square, nom de Dieu !... Franchement... En plein Galway. Tu trouves que ça fait irlandais ?
Elle me regarda, puis enchaîna :
— Sur trois suicides, trois des filles travaillaient là-bas à mi-temps.
— Et alors ?
— C'est étrange. Le propriétaire, Bartholomew Planter, est un Écossais émigré. Plein aux as.
— C'est pas évident, Cathy.
— C'est pas tout.
— Continue.
— Devine qui surveille le magasin ?
— J'en sais rien.
— Green Guard.
— Et alors ?
— Ils emploient des flics au noir.
— Oh !
— Comme tu dis.
Elle prit la bouteille de vin, but et demanda :
— Et maintenant, monsieur le caïd ?
— Peut-être que j'irai voir M. Planter.
— M. Ford.
— Ford ?
— C'est le gérant.
— Dans ce cas, j'irai le voir.
Elle contempla l'eau, puis :
— T'as envie de baiser ?
— Hein ?
— Tu as entendu.
— Nom de Dieu, tu as... dix-neuf ans ?
— Tu as l'intention de me payer pour ce boulot ?

— Oui... bientôt.
— Alors, laisse-moi m'envoyer en l'air au moins.
Je me levai et dis :
— Autre chose ?
— Évidemment.
— Vas-y.
— M. Planter aime jouer au golf.
— On peut pas considérer ça comme un comportement suspect.
— Si, quand on sait avec qui il joue.
— Qui donc ?
— Un certain superintendant Clancy.
Je m'en allai.

DO IT YOURSELF

J'allais dire que j'avais mis mon plus beau costume, mais je n'en ai qu'un. Acheté à Oxfam deux ans plus tôt. Bleu marine avec des revers étroits. Il donne l'impression que je suis carré. Vous vous souvenez du clip de Phil Collins où on le voit en triple ? C'est le même costume. J'espère seulement qu'il ne me fait pas ressembler à Phil Collins. Si je vous dis que je l'ai payé moins de dix livres, vous aurez tout compris.

Évidemment, c'était avant qu'Oxfam se mette des idées en tête. J'avais une chemise blanche, que j'avais malheureusement lavée avec un T-shirt bleu marine. Je fais comme si c'était une tenue accessoirisée. Une cravate, desserrée pour donner l'aspect : « j'en ai rien à foutre ». Et de grosses chaussures marron. C'est la chaussure qui fait l'homme. Cirée en crachant dessus, jusqu'à ce qu'on se voie dedans.

Je me regardai dans la glace. Et je demandai :

— Achèteriez-vous une voiture à cet homme ?

Non.

J'avais un numéro de portable pour joindre Sutton. Je tombai sur une messagerie et laissai un message. En entrant en ville à pied, j'essayai de me mettre dans la peau d'un habitant Je n'y parvins pas tout à fait. Arrivé devant l'abbaye, j'y entrai pour allumer un cierge à saint Antoine, celui qui retrouvait les objets perdus. J'envisageai de lui demander de *me* retrouver, mais ça faisait un peu trop théâtral. Des gens venaient se confesser ; j'aurais aimé pouvoir rechercher une telle purification.

Dehors, un franciscain me souhaita le bonjour. Il incarnait l'image même de la bonne santé et de la robustesse. Le même âge que moi, sans une ride. Je lui demandai :

— Vous aimez votre travail ?

— C'est le travail de Dieu.

Ça m'apprendra à poser cette question. Je poursuivis mon chemin vers Edward Square. En traversant le Dunnes, je vis six chemises que je ne pouvais pas me payer. Je continuai jusqu'au Planter. C'était immense. Le magasin occupait la totalité de ce qui était autrefois un parking. À l'accueil, je demandai à voir M. Ford. La fille me dit :

— Vous avez rendez-vous ?

— Non.

— Je vois.

Mais elle ne voyait pas. Elle appela le bureau de Ford et celui-ci accepta de me recevoir. Je pris l'ascenseur jusqu'au cinquième étage. Son bureau était modeste ; Ford parlait au téléphone. D'un geste, il me désigna une chaise. Il était petit, chauve, en costume Armani. Il dégageait une impression d'énergie contenue. Ayant raccroché, il se tourna vers moi. Je dis :

— Merci de me recevoir. Je suis Jack Taylor.

Il esquissa un sourire. Petites dents jaunes. Costume tape-à-l'œil et dents pourries. Le sourire n'avait rien de chaleureux.

— À vous entendre, ce nom est censé me dire quelque chose. Ça ne me dit rien du tout. Zéro.

Moi aussi, je savais sourire. Je lui montrai ce dont était capable Ultra-Brite. Et je dis :

— J'enquête sur la mort de Sarah Henderson.

— Vous êtes policier ?

— Non.

— Avez-vous un statut officiel ?

— Aucun. Zéro.

J'étais content de lui renvoyer son mot. Il dit :

— Il n'y a donc rien qui m'oblige à vous répondre ?

— À part la politesse.

Il contourna le bureau, arrangea le pli tranchant de son pantalon et s'assit au bord du bureau. Ses pieds ne touchaient pas le sol. Il portait des Bally. Je connais très bien tout ce que je ne peux pas me payer. Des chaussettes Argyll avec un motif criard. Il dit :

— Je n'ai aucune bonne raison de ne pas vous flanquer dehors.

Je compris que ce type adorait parler, aucun son n'était aussi doux à ses oreilles que celui de sa propre voix. Je dis :

— Seriez-vous étonné d'apprendre que trois filles, toutes mortes maintenant, ont travaillé ici ?

Il frappa sur ses genoux et dit :

— Savez-vous combien de centaines d'employés passent par ici ? Je serais étonné qu'ils vivent tous éternellement.

— Vous connaissiez cette fille ?

Je crois que je n'avais jamais su ce que voulait dire « sardonique » avant d'entendre ce type rire. Il répondit :

— J'en doute fort.

— Vous voulez bien vérifier, par égard pour sa mère ?

Il sauta du bureau, appuya sur le bouton de l'interphone et dit :

— Mademoiselle Lee, trouvez-moi le dossier d'une certaine Sarah Henderson.

Il se rassit, image même de la décontraction.

— Impressionnant, dis-je.

— L'interphone ?

— Non. Vous n'avez même pas réfléchi une seconde avant de trouver le nom de la fille.

— Voilà pourquoi je suis assis à ce bureau avec un costume à trois mille, alors que vous portez... une fin de série de l'année dernière, dirons-nous.

La secrétaire entra avec un fin dossier. Ford chaussa ses

lunettes, un pince-nez évidemment. Il laissa échapper une série de

M... m...

Hm.. m...

Ahh...

Il referma le dossier et dit :

— Cette fille était une tire-au-flanc.

— Hein ?

— Une paresseuse. On a été obligés de s'en séparer.

— C'est tout ?

— Oui. C'était, malheureusement, ce qu'on appelle une marginale. Aucun avenir.

Je me levai et dis :

— Vous avez raison. Elle n'a absolument aucun avenir.

croyait, avec suffisance, que les limites
de l'affliction avaient été explorées.

Sutton logeait au Skeff. Comme tous les autres endroits de Galway, celui-ci avait été rénové récemment. N'importe quel espace est immédiatement accaparé pour le transformer en « appartements de luxe ».

Je trouvai Sutton au bar, en train de faire durer une pinte de Guinness. Inspiré, je dis :

— Hé.

Il ne répondit pas, il remarqua vaguement mes blessures en voie de cicatrisation et hocha la tête. Je m'assis sur un tabouret à côté de lui, fis signe au barman de nous apporter deux pintes et demandai :

— Tu te souviens de Cora ?

Il secoua la tête et :

— Je suis pas d'ici, je te le rappelle.

Les pintes arrivèrent et je m'apprêtai à payer, mais Sutton dit :

— Mets ça sur mon ardoise.

— Tu as une ardoise ?

— Ça va avec le fait d'être un artiste... un artiste grillé, à vrai dire.

Je jugeai préférable de prendre le taureau par les cornes.

— Mon passage à tabac, ton incendie, je pensais pas que c'était lié. Ou lié à autre chose.

— Et maintenant ?

— Je crois que c'est délibéré. Je... je suis désolé...
— Moi aussi.
Silence, jusqu'à ce qu'il dise :
— Raconte-moi tout.
Ce que je fis.
Ce fut plus long que je le pensais et l'ardoise s'allongea. Quand j'eus terminé, il dit :
— Les enfoirés.
— Pire que ça.
— Tu peux prouver quelque chose ?
— Rien.
Je lui parlai de Green Guard, la société de surveillance, et ajoutai :
— Ils emploient des flics.
— Et tu te dis... quoi ?
— Je vais voir si mes agresseurs bossent là-bas.
— Et ensuite ?
— Vengeance.
— Ça me plaît. Je suis partant.
— J'aimerais bien rencontrer M. Planter également. C'est lui ou Ford qui a tué cette fille. Je veux savoir comment et pourquoi.
— Planter est un riche salopard.
— Ouais.
— Il doit plus se sentir.
— C'est sûr.
Sutton but une grande gorgée de bière. La mousse laissa une moustache blanche. Il demanda :
— Tu crois qu'il aime les tableaux ?
— Oh oui !
— Laisse-moi faire.
— Génial.
— Tu veux bouffer un morceau ou juste te biturer ?
— J'aime mieux me biturer.
— Barman !

...les peurs dévoilant quotidiennement...
Le réel
Les traces sur l'heure
Mutilées.

Le lendemain, j'étais à l'agonie. Ce n'était pas une banale gueule de bois, c'était une gueule de bois championne du monde. Celle qui hurle : TUEZ-MOI !

Je fis surface vers midi. Les événements survenus la veille jusqu'à seize heures étaient identifiables. Après ça, le napalm. Je connais Sutton et je terminai au O'Neachtain.

Quelques aperçus furtifs :

Danse western avec des Norvégiens.
Bras de fer avec le videur.
Doubles Jack Daniel's.

Mes vêtements étaient en boule près de la fenêtre. Les restes d'un plat à emporter, en fin de nuit, m'observaient sous une chaise. Je piétinai des frites et ce qui ressemblait à une aile de poulet verdâtre.

Nom de Dieu.

Je vomis méchamment. Prière du matin. Vieux rituel de la maison, à genoux devant la cuvette des toilettes.

Twyford !

Ils construisaient des cuvettes faites pour durer.

Enfin, mon organisme purgé adopta un rythme de haut-le-cœur spasmodiques. Ceux qui essayent de vous faire cracher vos tripes par le thorax. Thorax. Voilà un joli mot. Ça donne un sentiment de détachement médical.

Je voulais reprendre un petit verre pour faire passer la gueule de bois. Putain, je voulais même un grand verre. Mais ce serait synonyme de nouvelles journées perdues. J'avais une vengeance à accomplir, des méchants à attraper. Malgré mes mains tremblantes, j'essayai de rouler un joint. Sutton m'avait donné de l'herbe, en disant : « Elle vient des montagnes bleues de l'Atlas, c'est du sérieux. À traiter avec respect. »

Impossible de rouler le pétard. J'ouvris le placard et trouvai un muffin à la cerise rance. Je raclai tout l'intérieur. Je fis chauffer le shit dans du papier d'alu et le versai généreusement dans le gâteau. Je fourrai ce bordel dans le micro-ondes et allons-y !

Bon sang, c'était pas beau à voir. Quand le muffin eut refroidi, je goûtai une bouchée. Hé, pas mal ! Entre deux timides gorgées d'eau, je parvins à le faire passer.

Puis je me rassis, pour voir ce que ça donnait.

En orbite.

Les gâteaux au shit sont réputés pour les voyages dans l'espace. Je peux le confirmer.

Une profonde douceur m'enveloppa. Mon esprit marchait sur la pointe des pieds parmi les tulipes. Je dis à voix haute... vraiment ?... « J'aime ma vie. »

C'est le meilleur indicateur de mon état. Un peu plus tard, j'eus les crocs et je commençai à reluquer le poulet vert. Heureusement, une pizza surgelée avait survécu, je ne sais comment, à mes récentes campagnes et je me jetai dessus. Arrivé à mi-parcours, je m'endormis. K.O. pendant six heures. Si je rêvai, ce fut de *Hôtel California*.

Quand je revins à moi, ma gueule de bois s'était calmée. Elle n'avait pas disparu, mais elle avait cessé de brailler. Après une douche et un rasage, ô combien prudent, je me dirigeai vers ma collection de cassettes vidéo. Elle est limitée, mais tous mes indispensables s'y trouvent :

Paris, Texas
Il était une fois dans l'Ouest
Sunset Boulevard
Assurance sur la mort
Cutter's Way
Les Guerriers de l'enfer

En 1976, Newton Thornburg écrivit *Fin de fiesta à Santa Barbara.* Trois survivants des années 1960, détruits, partagent une maison. Cutter, un ancien du Viêt-nam handicapé et fou. Bone, un marginal ayant échappé à la conscription. Mo, une mère alcoolique et agoraphobe. Ils enquêtent sur le meurtre d'une jeune prostituée. Ils énervent les mauvaises personnes et Mo est tuée avec son enfant.

Cutter et Bone traquent un capitaliste qu'ils tiennent pour responsable. D'après Bone, Cutter

> *possède la sauvagerie du désespoir. Cela l'empêchait de réagir autrement que par le rire à toute idée ou situation. Son esprit était un labyrinthe de palais des glaces ; la distorsion reflétait la distorsion.*

Cutter fonctionne avec deux choses :
Le désespoir
Le cynisme.

Robert Stone écrivit *Les Guerriers de l'enfer* en 1973. Karl Reisz l'adapta au cinéma en 1978.

Là encore, il y a trois individus à la masse.

Marge, accro aux médicaments. Son mari, John Converse, un correspondant de guerre. Et Hicks, qui introduit de la drogue aux États-Unis. John Converse vend son ami à la justice et découvre que la peur était une chose extrêmement importante pour lui. Moralement parlant, c'était l'élément central de sa vie. J'ai peur, donc je suis.

Hicks, pourchassé par des méchants et des policiers, meurt dans une grotte de hippie. Sur le mur est écrit :

IL N'Y A PAS DE MÉTAPHORES

Je regardai ces films à la suite et je me sentis comme je m'étais senti toute ma vie... *fuck it.*

« Une porte devant laquelle je passai montra un homme
vêtu d'un antique zoot suit
et coiffé d'un énorme chapeau blanc.
Quand je passai, on s'observa
comme deux lézards méfiants pourraient se regarder
en rampant sur une pierre nue. »

Walter Mosley, *Papillon blanc*.

Onze heures du matin. Je suis assis sur un banc à Eyre Square. Les débris du samedi soir s'agitent doucement. À quatre heures, avant l'aube, c'est à ces moments-là que c'est le champ de bataille. Les clubs et les fast-foods déversent les hordes.

Les bagarres et le vandalisme commencent.

Au bout de la place, il y a une statue de Padraig O Conaire. Ils l'ont décapitée. À Noël, deux ans plus tôt, un loubard a foutu le feu à la crèche.

En dessous, près des toilettes publiques, un jeune gars a été assassiné.

Une ville de prédation.

Progrès, mon cul !

J'avais un exemplaire tout corné du bouquin de Richard Farina, *Been Down So Long It Seems Like Up To Me*, dans ma veste. Celui avec la couverture verte défraîchie. Les poches pleines de fric, comme Robert Ginty dans *Exterminator II*. Richard Farina était le beau-frère de Joan Baez. Il aurait sans doute écrit de bons bouquins, mais la came l'a flingué. Je dresse une liste dans ma tête :

Jarrell
Pavese
Plath

Jarrell s'est jeté d'un bateau de croisière aux Caraïbes et

Gustave Flaubert (1849)

Alors que mon corps poursuit son
voyage,
mes pensées sans cesse rebroussent chemin
et s'enterrent dans les jours passés.

À voix haute, je marmonne, en irlandais : « *Och, ochon.* »

Une voyageuse new age s'approche et s'assoit au bout de mon banc. Je bois un cappuccino dans un gobelet en polystyrène.

Sans chocolat en poudre. Je déteste cette saloperie.

La voyageuse a dans les vingt-cinq ans, et des bracelets dans tous les endroits imaginables. Elle dit :

— La caféine te tuera, *man.*

J'estime que ça ne mérite pas de réponse. Elle dit :

— Hé, tu as entendu ?

— Ouais. Et alors ?

Elle se rapproche un peu, très vite, et demande :

— Tu penses pas aux ondes négatives ?

Un nuage de patchouli m'enveloppe. Je décide de mettre fin à la frime hippie.

— Va te faire foutre.

— Hé, *man*, tu dégages une sacrée hostilité.

Mon café a refroidi, je le pose. Elle demande :

— Tu avais de la moquette rouge chez toi quand tu étais gamin ?

— Hein ?

— Le Feng Shui dit que ça rend les enfants agressifs.

— On avait du lino. Marron, couleur gerbe. Il était déjà dans la maison.

— Oh.

Je me lève et elle s'écrie :

— Où tu étais quand John est mort ?

— Au lit.

— Le Walrus ne mourra jamais.

— Que Dieu nous en préserve.

Je me tire. Je me retourne, elle s'enfile le cappuccino.

J'ai une forte envie de pisser et je risque les toilettes publiques. Un petit groupe d'alcoolos occupe temporairement les lieux. Cet endroit est tristement célèbre depuis qu'un réseau de pédophiles venait chasser ici. Le chef pochetron me lance :

— Tu veux boire un coup ?

Toujours, mais je réponds :

— Non. Merci bien.

Mon rendez-vous avec Green Guard est à midi trente, j'ai encore du temps à tuer. Je croise mon reflet dans le miroir, j'ai une sacrée tignasse. En sortant, je dis :

— Portez-vous bien.

Le chœur des alcoolos :

— Que Dieu te garde.

Près de Quay Street, j'avise un vieux salon de coiffure. Je jette un coup d'œil à ma montre, je calcule... et j'entre.

Il n'y aucun client. Un gars proche de la trentaine pose *The Sun* et demande :

— Comment ça va ?

— Bien, merci.

J'ai repéré l'accent anglais d'emblée, et je demande :

— C'était pas chez Healy ici, avant ?

— J'vous fais quoi ?

— J'ai oublié les numéros, mais je crois que je veux une n° 3.

— Z'êtes sûr ?

— Beckham a pris la n° 1, je veux faire mieux.

Il me montra la chaise et je pris place. Évitant, autant que je le pouvais, mon reflet, je demandai :

— Londres ?

— Highbury.

Au lieu de faire une remarque déplaisante, j'optai pour :

— Temps superbe.

La musique était forte et le type dit :

— Joy Division... 1979 : « Unknown Pleasures ».

Je ne détestais pas. Le mélange tordu de grâce et de sauvagerie parlait à ma sensibilité flétrie. Je dis :

— Pas mal.

— C'est le top, ça, mon pote. Ça fait vingt ans que Ian Curtis s'est enfilé une bouteille de scotch, a maté un film de Werner Herzog à la téloche, écouté un album des Stooges...

Il s'interrompit. La chute arrivait et elle ne serait pas bonne. Je jouai mon rôle :

— Qu'est-ce qui s'est passé ensuite ?

— Il est allé dans la cuisine et il s'est pendu au portemanteau

— La vache.

Le type arrêta de me couper les cheveux et baissa la tête. Minute de silence. Je demandai :

— Pourquoi ?

— Je sais pas. Il était coincé entre un mariage qui battait de l'aile et sa maîtresse. Il avait des problèmes de santé et il arrivait pas à gérer l'énorme succès du groupe... Du gel ?

— À votre avis ?

— Si j'étais vous, j'en mettrais.

— Alors, mettez-en.

Ce qu'il fit.

En partant, je laissai un pourboire correct.

— Hé, merci beaucoup.

— Non, merci à vous.

J'avais téléphoné à la société de surveillance tôt ce matin. En donnant un faux nom, j'avais dit que je cherchais du boulot. On m'avait demandé :

— Vous avez de l'expérience ?

— J'étais dans l'armée.

— Excellent.

Je voulais voir si certains de leurs employés me reconnaissaient. À partir de là, je devrais improviser au fur et à mesure. Dans le pire des cas, je pourrais peut-être même décrocher un job.

En chemin, je m'arrêtai chez Zhivago Records. Le patron, Declan, appartenait à une espèce de plus en plus rare : c'était un *Galwegien*. Il me demanda :

— Ça roule ?

— Ça va.

— Putain, qu'est-ce que tu as fait à tes cheveux ?

— C'est une n° 3.

— C'est une putain d'horreur, oui. C'est quoi qu'est collé dedans ?

— Du gel.

— On dirait du sperme.

— Je veux acheter un disque, alors peut-être qu'on pourrait laisser tomber le bavardage.

— Grincheux ! Qu'est-ce que tu cherches ?

— Joy Division.

Il éclata de rire.

— Toi ?

— Putain, tu veux me vendre un disque, oui ou merde ?

— La compilation... c'est le meilleur.

— Ça marche.

Il me fit plusieurs livres de réduction, j'en déduisis qu'il y avait des rayures. Une fois dehors, j'inspirai à fond et dis :

— Que le spectacle commence.

« Linda posa sa main sur son bras. “Tu sais,
tu n’es pas obligé de faire ça.”
Il se tourna vers elle, un peu surpris. “On veut savoir ce qui
va se passer ensuite, non ?”
“J’avais oublié, dit Linda, tu te sers de moi.
Je suis une idée de film.”
Chili dit : “On se sert l’un de l’autre.” »

Elmore Leonard, *Be Cool*

Les locaux de la société de surveillance étaient situés dans Lower Abbeygate Street. J'entrai et une réceptionniste me demanda d'attendre.

— M. Reynolds va vous recevoir dans un instant.

À peine m'étais-je assis qu'elle m'appela. Au moment où j'entrai, l'homme assis derrière son bureau marqua un temps d'arrêt. Je jetai un coup d'œil à ses mains. Les jointures étaient éraflées. On se dévisagea. Je dis :

— Surprise !

Il se leva ; c'était un costaud, tout en muscles. Il dit :

— On n'a pas de travail.

— Dommage. Je crois que je ferais un bon casseur.

— Je vois pas de quoi vous parlez.

Je levai mes doigts bandés.

— Joli travail.

Il commença à contourner son bureau. Je dis :

— Pas besoin de me raccompagner.

La réceptionniste m'adressa un sourire timide et demanda :

— Vous avez eu le boulot ?

— Le boulot était déjà fait.

Dehors, je respirai un grand coup. Bon, j'avais établi un lien, mais qu'est-ce que ça me donnait ? J'appelai Sutton pour le mettre au courant, et il dit :

— On est bien partis.
— Oui, mais pour aller où ?
— En enfer, je dirais.
— Au moins, je connais.

Ce soir-là, chez moi, je descendais lentement un pack de six. On sonna à la porte. J'allai ouvrir à Linda, l'employée de banque qui habite au-dessus. Elle entra :

— Bon sang, que vous est-il arrivé ?

— C'est juste une égratignure.

— Vous étiez ivre, je parie.

— Vous vouliez quelque chose ?

— Je fais une petite fête ce soir, juste quelques amis.

— Vous voulez m'inviter ?

— Euh, oui, mais il y a des règles à respecter.

— Je viendrai.

Je refermai la porte. Je venais juste d'ouvrir une autre bière quand on sonna de nouveau. Je pensai : « La fête est commencée. » J'ouvris la porte. C'était Ann Henderson. Je dis :

— Oh !

— Vous attendiez quelqu'un d'autre.

— Non. Je veux dire... entrez.

Elle avait plusieurs sacs de courses.

— J'ai pensé qu'un repas consistant vous ferait du bien. Non ! Je *savais* qu'un repas consistant vous ferait du bien. Mais d'abord, j'ai besoin d'une pina colada.

— Une pina colada ?

Elle me jeta un regard presque méprisant et dit :

— La plus forte dose de caféine et de sucre dans un verre à alcool.

— Un scotch ne ferait pas le même effet ?

Nouveau regard.

Elle trouva la cuisine. Ce qui n'était pas très difficile étant donné qu'il n'y a que deux autres pièces. Je l'entendis suffoquer :

— Oh... bon... sang !

— Désolé, je n'ai pas eu le temps de nettoyer.

— Venez. Je débouche le vin.

J'obéis.

Elle avait déjà commencé à vider les sacs et à examiner les casseroles. Elle demanda :

— Vous aimez les spaghettis ?

— Je ne devrais pas ?

— C'est le dîner.

— J'adore.

Après avoir servi le vin, elle m'ordonna de sortir de la cuisine. Je m'assis dans le salon pour finir ma bière. Je n'avais pas très envie de boire du vin par-dessus, mais je me dis : « Et puis merde ! » C'est la version abrégée de la Prière de la sérénité.

Une demi-heure plus tard, on était assis à table, face à des montagnes de nourriture. Ann demanda :

— On récite le bénédicité ?

— Ça peut pas faire de mal.

— Merci, Seigneur, pour cette nourriture et cette boisson.

Je hochai la tête.

J'essayai de manger correctement. Elle secoua la tête et dit :

— Jack, il est absolument impossible d'avoir l'air décontracté en mangeant des spaghettis. Laissez-les dégouliner, mangez comme un Italien.

Ça me fait mal de l'avouer, mais j'aimais l'entendre m'appeler par mon prénom. Je balançai la prudence par-dessus les moulins et mangeai comme un monstre. Elle m'observa et dit :

— J'avais oublié combien c'est agréable de regarder un homme manger.

Même le vin n'était pas trop mauvais. Je demandai :

— Vous voulez faire la fête ?

— Pardon ?

— Au-dessus... ma voisine... elle désapprouve ma façon de vivre, mais je crois que vous l'étonneriez.

— Pourquoi ?

— Vous êtes une femme étonnante.

Elle se leva et demanda :

— Dessert ?

— Non... J'ai le ventre plein.

Je portai un sweat-shirt gris sur lequel était écrit AYLON. Le W avait disparu depuis longtemps au lavage. Avec ça, j'avais un pantalon en velours noir délavé et des mocassins Du Barry. Je ressemblais à une publicité. Pour GAP rétro.

Ann portait un sweat-shirt rouge. Sans logo. Un jean bleu délavé et des Reebok claires On aurait pu jouer dans une pub pour les prêts immobiliers. Je ne fis aucune remarque. Elle dit :

— On n'est pas vraiment habillés pour aller dans une fête, hein ?

— Non, mais on est à l'aise. Ils croiront qu'on est un vieux couple décontracté.

Ces paroles la rendirent triste. Je fis ce qu'on fait dans ce genre de situation, je demandai :

— Encore un petit verre ?

— Pourquoi buvez-vous autant, Jack ?

Je sentais que la soirée m'échappait. Je me dirigeai vers ma bibliothèque, pris un ouvrage, le feuilletai, trouvai le passage corné et lui tendis le livre.

— Vous voulez bien lire ça ?

Elle lut.

C'est toujours la même chose. Quand vous revenez sur terre et que vous regardez autour de vous, la vision des blessures que vous avez infligées aux gens qui vous aiment vous fait grimacer bien plus que celles que vous vous êtes infligées à vous-même. Bien que je n'éprouve aucun regret ni remords pour ce que j'ai fait, s'il y a en moi une petite place pour ces sentiments, elle réside dans cette conscience. Ce devrait être suffisant pour m'empêcher de replonger, mais ça l'est rarement.

Anthony Loyd, *My War Gone By, I Miss It So.*

J'allai dans la salle de bains et j'examinai ma n° 3. Le gel avait congelé. J'envisageai un shampooing rapide, mais je pensai : « Et puis, merde ! » Quand je revins dans le salon, Ann avait reposé le livre. Elle dit :

— C'est trop triste.

— Ça vous éclaire ?

— Je ne sais pas.

Je ne voulais pas m'aventurer sur ce terrain, alors je dis :

— Allons à cette fête.

— Il ne faut pas apporter quelque chose ?

— Il ne reste pas une bouteille de vin ?

— Si, si.

On monta à l'étage du dessus dans un silence gêné. Arrivés devant la porte de chez Linda, on entendit de la musique. Ça ressemblait à James Taylor. Bon Dieu, mauvais présage. Je frappai.

Linda vint ouvrir. Elle était vêtue d'une robe fourreau. Je dis :

— J'ai amené une amie.

Linda hésita juste une seconde, puis :

— Très bien. Entrez.

Ce qu'on fit.

Tout le monde était sur son trente et un. Les femmes en robe longue, les type en costard. On avait l'air de deux extras engagés pour la soirée. Ann fit :

— Oh oh...

Je lui présentai Linda. Elles se jaugèrent avec froideur.

— Que faites-vous dans la vie, Ann ?

— Le ménage dans les bureaux.

— Je vois.

Mais elle ne voyait pas.

Un bar avait été installé le long du mur. Avec un barman. En gilet et nœud papillon. Je pris Ann par la main et dis à Linda :

— À plus tard.

Le barman dit :

— Bonsoir. Que désirez-vous boire ?

Ann prit du vin blanc. Je fis comme si j'hésitais, puis :

— Donnez-moi une double tequila.

Ann poussa un soupir. Je crois que le barman aussi, mais tout doucement. Il demanda :

— Avec du citron et du sel ?

— Non, laissez tomber ces saloperies.

De gros verres épais. Je fus ravi de remarquer sous le cul un de ces autocollants impossibles à décoller. On pouvait lire :

Roches[1]
£ 4.99

Un type en costard s'approcha d'Ann et commença à déployer son savoir-vivre. Je les rejoignis au moment où il disait :

— Sur Sky News, juste avant que je parte, ils ont annoncé qu'on avait retrouvé un homme crucifié à North-West London.

— Oh, mon Dieu !

Le type posa délicatement sa main sur le bras d'Ann et dit :

— Ne vous en faites pas ; ils ont dit que ses blessures ne mettaient pas sa vie en danger.

1. Nom d'une chaîne de magasins.

Je dis :
— Elles ne l'ont pas rallongée non plus.
Linda s'approcha en compagnie d'un grand type.
— Jack, j'aimerais vous présenter Johann, mon fiancé.
— Félicitations.
Johann me dévisagea et demanda :
— Quel est votre métier, Jackues ?
— Je m'appelle Jack. Je suis au chômage.
Linda sourit d'un air crispé et dit :
— Johann vient de Rotterdam, il est programmeur.
— Super, ma télé est détraquée.

Méchanceté avec une touche de Galway

Ann en était à son troisième verre de vin. Hé oui, je les comptais. C'était plus facile que de compter les miens. J'étais toujours à la tequila. John Wayne disait que ça lui faisait mal au dos. Chaque fois qu'il en buvait, il tombait de son tabouret.

Linda approcha et demanda :

— Je peux vous parler ?

— Je vous écoute.

— En privé.

Le son de la musique était monté. Ça ressemblait de manière suspecte à du Gary Numan techno. Affreux. Linda me conduisit dans sa chambre. Elle ferma la porte. Je dis :

— Hélas, je suis déjà pris.

Elle ignora ma remarque et s'assit sur le lit. La pièce était encombrée d'animaux en peluche.

Des ours roses
Des grenouilles roses.
Des tigres roses.

Du moins, je crois que c'était cette couleur. Je n'allais pas vérifier. Linda dit :

— Je dois vous dire que je gagne bien ma vie à la banque.

— Tant mieux... non ?

— Oui, évidemment. Ils ont généreusement accepté de m'aider à acheter une maison.

— Bravo, Linda.
— Cette maison.
— Oh !
— Je vais entreprendre d'importants travaux de rénovation.
— Ne vous inquiétez pas pour ça. Je suis dehors toute la journée.
— Jack... Je vais devoir vous demander de partir, j'en ai peur.
Pendant un instant bizarre, je crus qu'elle parlait de la chambre. Puis je percutai et j'essayai :
— Je suis un locataire en possession des lieux.
À défaut d'autre chose.
Être expulsé constitue assurément un choc pour l'organisme. L'esprit risque de partir dans n'importe quelle direction. Je pensais à des armes à feu. Une arme, plutôt. Je demandai :
— Saviez-vous que les *Special Garda Units* ont de nouvelles armes ? Pas n'importe quel pistolet, la Rolls Royce des armes de poing.
— Pardon ?
— Si, si. Les membres des unités d'intervention d'urgence ont reçu des Sig Sauer P-226.
— Mais de quoi parlez-vous, bon sang ?
— C'est suisse. C'est de là que vient la précision. Avec toute cette neutralité, ils ont eu le temps de concevoir une arme redoutable. Vous pensez qu'il y a une morale là-dedans ?
— Jack... je parle sérieusement. Vous allez devoir trouver un autre logement.
— Évidemment, vu que vous travaillez dans la banque, vous n'allez pas cracher sur la Suisse.
Elle se leva et dit :
— Il faut que je rejoigne mes invités.
— Ils coûtent 700 livres pièce. Ça m'étonnerait que vous gagniez à la loterie.

Elle s'arrêta à la porte de la chambre et dit :
— Venez, Jack.
— Non, je préfère m'asseoir ici pour penser aux armes.
Elle s'en alla.
Je ne pensais pas pouvoir m'installer au Skeff avec Sutton. Le moment était peut-être venu de déménager à Londres. On frappa à la porte.
— Oui ?
Ann entra et demanda :
— Que faites-vous ici, Jack ?
— Je discute avec les ours en peluche roses.
— Mauvais signe.
— Oui, mais pour qui ? Moi ou les ours ?
— Linda semblait préoccupée quand elle nous a rejoints. Que s'est-il passé ?
— On parlait d'armes à feu.
— D'armes à feu ?
De retour chez moi, Ann dit :
— Je suis un peu ivre.
— Vous voulez continuer ?
— Mon Dieu, non.
Il y eut un silence gêné. Je ne savais pas quoi faire. Elle dit :
— Embrassez-moi.
Je m'exécutai, mal. Elle dit :
— C'était pas terrible, recommencez.
Je m'améliorai.
On se retrouva au lit et ce fut merveilleux. Lent, étrange, excitant. Après, elle dit :
— Ça faisait très longtemps.
— Moi aussi.
— Vraiment ?
— Oh oui !
Sa voix se mit à trembler.
— Je n'ai pas parlé de Sarah durant toute la soirée.

— Tu n'as pas besoin d'en parler, elle est dans tes yeux en permanence.

Elle me serra dans ses bras.

— Ce sont des belles paroles.

Je me sentais mieux depuis plus longtemps que je ne voulais l'admettre. Elle me demanda :

— Tu as déjà été amoureux ?

— J'ai connu une femme à l'époque où j'étais dans la police. Elle me donnait l'impression d'être meilleur que je le suis.

— C'est une sensation agréable.

— Mais j'ai tout foutu en l'air.

— Pourquoi ?

— C'est ce que je fais le mieux.

— C'est pas une réponse.

— Je pourrais dire que c'est l'alcool, mais c'est faux. Il y a un bouton « autodestruction » en moi. J'y reviens sans cesse.

— Tu peux changer.

— Je ne suis pas sûr d'en avoir envie.

Sur cette note sombre, on s'endormit.

Quand je me réveillai, elle était partie. Il y avait un mot sur l'oreiller.

Cher Jack,

Tu es un homme adorable. Ne t'autodétruis pas à cause de moi.

Je ne pourrais pas le supporter.

Xxxxxxxxx

Ann.

Je ne savais pas trop dans quoi je m'étais fourré.

Une conscience remplie
des
rêves des autres

Je n'ai jamais eu l'intention de le tuer.

Une expression courante, « Je me suis laissé emporter », est rebattue au-delà du tolérable. On l'utilise pour tout excuser de

La violence conjugale
à
La conduite en état d'ivresse.

Eh bien, je me suis laissé emporter. Ce qui avait commencé par une tentative *d'intimidation* s'est achevé par un meurtre. Voici comment c'est arrivé.

Après mon intermède avec Ann, je retrouvai Sutton le lendemain. Intermède est un très joli mot, avec des résonances culturelles et d'émerveillement. Alors, je me sentais bien, je me sentais fort et prêt. J'avais demandé à Sutton de me prendre à Seapoint, la gigantesque salle de bal qui monte la garde à Salthill.

C'est là que j'avais fait mon apprentissage de danse avec les orchestres de la fin des années 60.

Quels groupes !

Brenda Bowyer
The Indians
The Freshmen.

Ces types se pointaient sur scène à 21 heures et ils jouaient pendant des heures. Et ils mettaient le paquet. Ils se vidaient les tripes sur des reprises qui allaient de

« Suspicious Minds »
à
« If I didn't have a dime... »

Si ce n'était pas une époque d'innocence, c'était sans aucun doute une époque enthousiaste.

Alors que j'étais assis sur la promenade, « Ghost Town » des Specials jouait dans ma tête. N° 1 en 1981, cette chanson avait su saisir parfaitement l'agitation civique du Londres de l'époque.

Sutton arriva au volant d'une Volvo. Elle avait l'air sérieusement cabossée. Je montai à bord et demandai :

— Où tu as dégotté ça ?

C'était une automatique, il enclencha la marche avant.

— Je l'ai achetée à un Suédois à Clifden.

Il me jeta un regard et demanda :

— Qu'est-ce que tu as de changé ?

— Moi ?

— Ouais, tu as un sourire à la con.

— Ah bon ?

— Ouais. Tu as l'air très content de toi.

Soudain, il frappa le volant du plat de la main et s'exclama :

— Ça y est, j'y suis !... Tu t'es envoyé en l'air... espèce de salopard. C'est ça, hein ?

— J'ai eu un coup de pot.

— Moi, ça m'arrive jamais ! Ah, ce vieux Taylor. C'était qui ? La gonzesse rock, c'est quoi son nom déjà... Cathy B. ?

— Non.

— Me fais pas le coup du jeu des mille questions. Tu t'es tapé une pute, c'est ça ?

— Ann Henderson.

— La mère de la fille morte ?

— Ouais.

— Bon Dieu. Tu trouves ça malin, Taylor ?

Cathy B. avait découvert l'adresse de Ford. Quand je l'avais dit à Sutton, il avait demandé :

— Ce type n'est pas marié ?

— Non.

— Allons faire un petit tour dans sa piaule, pour voir ce que ça donne.

On se gara près de Blackrock. Les Salthill Towers se dressaient derrière nous. Sutton demanda :

— C'est à quel étage ?

— Rez-de-chaussée.

Pénétrer par effraction dans l'appartement fut un jeu d'enfant. La serrure était une Yale. On entra dans un vaste living-room, meublé de manière coûteuse. Et bien rangé. Sur une longue table basse se trouvait un livre ouvert, mais rien d'autre. Je jetai un coup d'œil au titre : *Finnegan's Wake*. Sutton dit :

— Comme si quelqu'un pouvait lire ce truc.

On effectua une fouille minutieuse, sans rien trouver. Sutton demanda :

— Tu es sûr que quelqu'un habite ici ?

— Il y a des costards dans la penderie et de la bouffe dans le frigo.

Sutton s'appuya contre le mur du salon et dit :

— Tu vois ce tapis ?

— Il doit coûter cher, à mon avis.

— Mais il n'est pas plat. Regarde près de la lampe, il remonte légèrement.

— Et alors ?

— Aide-moi à rouler ce truc.

Ayant soulevé le tapis, on découvrit des lattes de parquet décollées. Sutton se pencha et les ôta.

— Bingo.

Il brandit une collection de vidéos. Une pile de magazines également. Un seul coup d'œil suffisait pour connaître le thème : pornographie enfantine.

Sutton dit :

— Fous toutes ces saloperies sur la table.

Ce que je fis.

On regarda deux des vidéos. C'était la même chose. Sutton demanda :

— Et maintenant ?

— On l'attend.

On pilla le frigo, on trouva de beaux steaks et on les fit cuire. Vers dix-huit heures trente, je somnolais quand j'entendis une clé dans la serrure. Sutton était debout, l'air décontracté. Ford entra ; il se retrouva dans le salon avant de nous voir. Sutton s'était posté près de la porte. Ford jeta un regard en direction de la table et de ce qui y était empilé. S'il était paniqué, il le cachait bien ; il demanda :

— Que voulez-vous ?

— Des renseignements.

— Ah !

— Parlez-moi de Sarah Henderson, et des autres filles.

Il s'assit, tourna la tête vers Sutton et dit :

— Encore un ancien *garda ?*

— C'est important ?

— Non. Je ne pense pas.

— Allez, monsieur Ford, dites-nous tout.

— Pas de quoi en faire un plat. M. Planter aime les jeunes filles. Parfois, elles se montrent maladroites, elles commencent à proférer des menaces. Que vous dire ? Elles dépriment et elles se foutent à l'eau.

Jusqu'à présent, j'étais resté calme. Mais quelque chose dans son air suffisant, le mépris dans sa voix, me fit réagir. Je me levai et le giflai. Je l'obligeai à se relever et il me cracha dessus. Je le poussai et sa tête heurta la table basse. Il ne bougea plus. Sutton s'était approché pour tâter son pouls. Il dit :

— Ce connard est clamsé.

— Hein ?

— Il est mort.

— Putain.

— On ferait mieux de foutre le camp d'ici. Faut tout nettoyer.

On remit même les cassettes en place. Une fois dehors, Sutton essuya la poignée de la porte.

— Espérons qu'ils croiront qu'il est tombé.

UNE SOMBRE ARTICULATION

Sutton me déposa devant chez moi. On n'avait pas échangé un mot durant le trajet. Il demanda alors :

— Tu veux que j'entre ?

— Non.

— Ça va aller ?

— J'en sais rien.

— Écoute, Jack... C'était un accident. Et puis, c'est pas une grosse perte, hein ? Ce type était une ordure, le monde se portera mieux sans lui.

— Ouais. À plus tard.

À peine avais-je ouvert ma porte que Linda apparut.

— Ah, Jack.

Je ne répondis pas, je passai en la frôlant. Je l'entendis s'exclamer :

— Ça par exemple !

Qu'est-ce que j'en avais à foutre. Avant toute chose, je pris une douche et me frictionnai la peau jusqu'à avoir mal. Je sentais le crachat de Ford sur mon visage, comme une brûlure. Le téléphone sonna. Je poussai un grognement.

— Ouais ?

— Jack, c'est Ann.

— Oui. C'est à quel sujet ?

— Ça ne va pas ?

— Nom de Dieu ! J'aimerais qu'on arrête de me demander ça.

Je raccrochai brutalement. J'enfilai un sweat-shirt XL avec le logo :

LES KNICKS DÉCOIFFENT

Et un 501 ultra-délavé. Encore un lavage et il était mort. D'habitude, quand j'enfile cette tenue, je me détends.

Pas cette fois.

Je sortis une bouteille de brandy. Je suis un philistin, je déteste le cognac. Les gueules de bois sont mortelles. Je brisai le scellé. J'allai dans la cuisine et lavai *le* verre. L'étiquette Roches £4.99 était toujours là sur le cul. Je le rinçai deux fois pour ôter l'odeur de tequila. Retour dans le salon. Le steak que j'avais mangé chez Ford me restait sur l'estomac comme une boule de plomb.

J'essayai de me remémorer toutes mes résolutions concernant le brandy. Surtout les paroles de J.M. O'Neill, qui disait qu'il effaçait l'air qu'il vous donnait.

À voix haute, je dis :

— Yeah, yeah... yada, yada.

Et je descendis le premier verre.

O.K.

Pas si mauvais. En fait, s'il péchait, c'était par la douceur.

Je m'en servis un autre.

Chez les Alcooliques Anonymes, ils vous mettent en garde contre l'apitoiement sur soi-même.

— Je m'en veux, je m'en veux... j'en veux un autre.

C'était déjà fait.

Parfaitement !

Assurément, la pitié était bien la dernière chose que j'éprouvais.

Pitié pour le pauvre connard qui s'était cogné la tête contre la table basse. J'essayai d'effacer cette image.

Était-ce une grande perte ? Un pervers qui s'en prenait à des gamines.

Rien à faire, impossible d'attiser une seule flamme de justification.

Le téléphone sonna. Je décrochai et essayai un :

— Oui ?

— Jack, c'est Sutton.

— Oh !

— Comment tu te sens ?

— Ça va.

— T'as picolé, hein ?

— Quoi ?

— Je l'entends à ta façon de parler.

— Tu te prends pour ma mère ?

— Change de ton. Je voulais juste te dire que tu n'es pas seul, vieux. Je vais passer te voir, on se fera une orgie de pizzas et on se louera un film.

— Comme pour un rancard.

— Bon Dieu, Jack. Je sais pas ce que tu bois, mais ça te réussit pas.

— Toi non plus.

Et je raccrochai.

Je m'étais levé et je faisais les cent pas en parlant à voix haute :

— Qui a besoin de toi ? Sûrement pas moi. Et arrêtez de m'appeler !

J'arrachai le fil du téléphone.

J'allumai la radio, je tombai sur Lyric par hasard. Ils passaient « Fur Elise ». Je pensai : j'adore ce truc et demain à la première heure, j'irai me l'acheter. Un peu plus tard, après avoir balayé les fréquences et être tombé sur quatre autres stations, j'avais décidé d'acheter également :

Elvis
The Eagles
James Last
et
The Furey Bros.

Puis je me dis : Pourquoi attendre ?

Je jetai un coup d'œil à la bouteille de cognac. Oh-mon-Dieu ! Presque vide. En avais-je renversé ? Oui, sans doute, ça expliquerait tout. Une certaine organisation s'avéra nécessaire pour me préparer, vu que je me cognais dans les meubles, mais enfin, je fus prêt et je m'écriai :

— Sayonara, bande de connards !

La pièce vide ne répondit pas.

« Docteur, j'ai des ennuis.
— Oh,
juste ciel, mon Dieu. »

Sophia Loren et Peter Sellers,
Les Dessous de la millionnaire

Je revins à moi avec les poignets ligotés. Et une sacrée gueule de bois. J'étais attaché sur ce qui ressemblait à une table roulante. Ça cognait dans ma tête. J'avais des tremblements dans les jambes. Je ne me souvenais plus de rien après « Sayonara, bande de connards ! ».

Une infirmière apparut et dit :

— Ah, monsieur Taylor. Je vais chercher un médecin.

Ce qu'elle fit.

Un homme d'une cinquantaine d'années, avec un vague sourire, se pencha au-dessus de moi.

— Monsieur Taylor, je suis le Dr Lee. Vous rappelez-vous comment vous êtes arrivé ici ?

J'essayai de secouer la tête, mais la douleur était trop forte. Il hocha la sienne et dit :

— Vous êtes à Ballinasloe... à l'hôpital psychiatrique. À mon avis, vous agissiez sans savoir ce que vous faisiez. Vous avez perdu connaissance devant le Hayden's Hotel.

La terreur assaillait tout mon être. La sueur ruisselait sur mon corps. Le médecin dit :

— On a été obligés de réduire les fractures que vous aviez aux doigts ; visiblement, vous avez frappé quelqu'un. Ce n'est pas une bonne idée quand on s'est cassé les doigts récemment.

Je parvins à faire venir un peu de salive et demandai :

— Et mon nez ?

Il éclata de rire.

— Nous avons dû reconnaître notre défaite sur ce front. Mais je me réjouis de voir que vous avez conservé le sens de l'humour. Vous allez en avoir besoin.

L'infirmière me fit une piqûre et je replongeai dans les vapes. Si je fis des rêves, ils sont perdus à tout jamais, Dieu merci. Quand je refis surface, je me sentais un peu moins mal en point. Les entraves avaient disparu, il y avait donc du changement à défaut d'amélioration. Réapparition du Dr Lee.

— Vous souvenez-vous de notre discussion ?

— Je m'en souviens.

— C'était il y a quarante-huit heures.

J'essayai de prendre l'air impressionné qui convenait, mais qu'est-ce que ça veut dire dans un hôpital psychiatrique ?

— Vous vous rétablissez rapidement. Le corps est une chose stupéfiante. Malgré les châtiments féroces, il lutte pour se ressaisir. Mais pour quoi faire, monsieur Taylor ?

Je réussis enfin à parler sans être en manque de salive. Et je dis :

— Je ne comprends pas la question.

— Oh, je crois que si, monsieur Taylor. À quoi bon vous remettre en état si, dès que vous sortez d'ici, vous recommencez exactement la même chose ?

Je n'en avais aucune idée.

— Je n'en ai aucune idée.

— Vous êtes déjà passé par là.

— En effet. Pourriez-vous m'appeler Jack ?

— Jack ! Eh bien, Jack, je pourrais essayer de vous faire peur avec des histoires affreuses. Chaque fois que vous perdez connaissance, c'est comme une répétition avant l'œdème cérébral. Votre foie est en mauvais état, et je ne sais pas si vos reins pourront supporter tout ça bien longtemps. Des questions ?

Je voulais savoir pourquoi diable j'avais fini à Ballinasloe, mais je ne pensais pas qu'il pouvait répondre à cela. Je dis :

— Merci... de... euh... de ne pas me remonter les bretelles.

— Je croyais que je venais de le faire.

Après mes premiers jours de sevrage, on me rendit mes vêtements. Ils avaient été nettoyés et repassés. Ma joie de les retrouver était immense. Debout au milieu de la chambre, j'exécutai une petite gigue. Tremblante... et brève, mais c'étaient quand même quelques pas de quasi-abandon irlandais.

Quelle tristesse de voir un adulte aussi reconnaissant simplement parce qu'il est habillé.

On me relâcha parmi la population de l'hôpital. Je demandai à l'infirmière :

— Je pourrais pas rester dans ma chambre ?

Grand éclat de rire.

— Vous vous croyez où... à l'hôtel ? Sortez et mêlez-vous aux autres.

Je ne savais pas à quoi m'attendre. Un hôpital psychiatrique... les dingues ne devraient pas se balader en liberté. Je pensais trouver un asile de fous : des patients qui bavent, des camisoles, l'aliénation mentale sur pied.

Je découvris le calme. Pas le silence, un murmure étouffé. Comme si on avait baissé le volume au minimum. Les merveilles de la médication. Droguez-les, ils resteront dociles.

Le déjeuner était servi au réfectoire. Une pièce dégagée et claire qui ressemblait un peu à la cantine de notre centre de formation à Templemore.

Je pris un plateau et me mis dans la queue. Celle-ci était bien ordonnée et... calme. Une voix dans mon dos demanda :

— C'est la première fois ?

Je me retournai vers un homme qui avait la soixantaine bien sonnée. Il n'avait pas l'air... fou. Bien habillé, avec une tête de concierge. Son nez était un entrelacs écarlate de vaisseaux éclatés. Sa carrure avait dû être impressionnante autrefois, mais elle s'était méchamment affaissée. Je demandai :

— Ça se voit ?

— On dirait que tu vas sauter au plafond.

— Oh !

Il me tendit la main ; il avait des battoirs comme Larry Cunningham. De vraies enclumes. On se serra la pince. Sa poignée de main était étonnamment douce.

— Bill Arden.

— Jack Taylor.

— Salut, Jack Taylor.

J'étais arrivé au niveau des plats chauds. La serveuse, une grosse femme de la campagne, me demanda :

— Qu'est-ce que je vous sers, mon gars ?

Le « mon gars » me flanqua un coup au cœur. J'avais envie de la serrer dans mes bras. Bill dit :

— Le bacon au chou est extra.

Je commandai ce plat. La femme demanda :

— Avec de la sauce, mon gars ?

— S'il vous plaît.

Le dessert, c'était de la compote de pommes avec de la crème anglaise. Des litres de crème. Je pris du dessert également. Quelle importance ? Je n'avais pas l'intention de manger de toute façon. Bill dit :

— Trouve une place près de la fenêtre. J'apporte le thé.

Ce que je fis.

Les personnes attablées s'empiffraient. Elles mangeaient comme si leur vie en dépendait. Et c'était peut-être le cas.

Bill s'assit et s'attaqua immédiatement à son assiette. Il mangeait comme un ogre. La bouche pleine, il releva la tête et dit :

— Tu ne manges pas ?

— Non.

— Ils surveillent... tu as intérêt à jouer le jeu.

Des morceaux de chou s'étaient coincés entre ses dents de devant. Impossible d'en détacher mon regard. Je promenais négligemment ma fourchette dans ma bouffe. Bill dit :

— File ton assiette sous la table, je vais t'aider.

J'obéis. Le contenu disparut en quelques secondes ; l'assiette revint vide. Bill dit :

— Je te prendrai ton dessert, je résiste pas aux trucs sucrés.

Ayant enfin fini de manger, il se renversa sur sa chaise, desserra le premier bouton de son pantalon et rota. Il sortit un paquet de cigarettes et demanda :

— Tu fumes ?

— Non... merci.

Il en alluma une, cracha un nuage de fumée et dit :

— Si tu restes ici, tu t'y mettras.

— Ça m'étonnerait.

Je remarquai alors que tout le monde — je dis bien *tout le monde* — fumait. Même la vieille derrière le comptoir s'en grillait une. Bill capta mon regard et dit :

— Un type qui posséderait une part de marché serait à l'abri pour le restant de ses jours.

Je ne savais pas trop quoi penser de cette remarque, je dis :

— C'est une idée.

Alors que je me disais : « C'est une idée débile », Bill demanda :

— Tu es un poivrot ?

— Pardon ?

— Un alcoolique. C'est pour ça que tu es ici... pas vrai ?

Estimant que ce moment en valait bien un autre pour jouer les Américains, je dis :

— Faut croire.

— Je le savais. Je repère les alcoolos. On a des antennes spéciales. Tu es inscrit dans le Service ?

— Le quoi ?

— Le Service d'alcoologie. Ils ont le meilleur du pays, ici. Je viens souvent.

— Sans vouloir te vexer, Bill, si ce service est aussi bon, comment se fait-il que tu sois ici... encore une fois ?

— Je vais te dire un truc, Jack. J'adore boire. Quand je décide de me biturer, je leur passe un coup de fil pour leur dire de me garder un lit. Deux fois... non merde, trois fois par an, je me retrouve ici.

— Nom de Dieu !

— Critique pas avant d'avoir essayé. Quand tu fais du grabuge dehors, c'est bon de savoir qu'ici, tu as un refuge.

Un frisson me parcourut. Bill me regarda. Je dis :

— C'est le manque.

— Reprends-toi une dose de Librium, ça te remet d'aplomb.

Un type qui passait me rentra dedans, il se redressa et repartit vers la porte en zigzaguant. Bill avait un grand sourire.

— Ça, c'est le cocktail spécial Ballinasloe.

— Ah bon ?

— Ouais. Regarde... tu vois comment il titube... comme s'il était bourré. C'est la danse du Largactal. Tu te trémousses au son de ton tam-tam intérieur, tu es en orbite du matin au soir. Ah, bon Dieu, j'adore cet endroit.

Je commençais à en avoir un peu marre de Bill. Toute cette bonhomie des Midlands, c'est lassant. Il demanda :

— Des questions ?

— Hmm...

— Je suis le gars qui te faut. Je sais tout ce qui se passe ici...

Totalement horrifié, je le vis me faire un clin d'œil, nom de Dieu. Même si je vis jusqu'à cent ans, aussi improbable que cela puisse paraître, je n'oublierai jamais. Ça fait partie de ces moments de pure horreur. M'efforçant de conserver un air impassible, je dis :

— Juste une chose...

— Tout ce que tu veux, mon rôle est de servir.

— Où est la bibliothèque ?

Il parut profondément choqué et il lui fallut une minute avant de dire :

— Tu te fous de moi.

— Écoute-moi, *Bert...*

— Bill !

— Peu importe. Je sais que tu me connais depuis dix minutes à peine, mais sérieusement... est-ce que j'ai une tête à plaisanter ?

— Non.

— Alors... la bibliothèque ?

Il était désorienté, il voulait riposter. Il dit :

— En tout cas, tu as pas une tête à bouquiner.

À mon tour de rire. Si vous ne riez pas au moins une fois à l'asile, il faut augmenter la dose de médicaments. Je demandai :

— À quoi ça ressemble, quelqu'un qui bouquine ?

— Putain, j'en sais rien moi, à un mec sérieux... un...

— Bill... Hé, Bill, crois-moi sur parole... je suis un gars très sérieux.

Il n'avait pas encore jeté l'éponge. Pas étonnant que les gens des Midlands fassent de bons fermiers. Il enchaîna :

— Tu es un alcoolo, tu l'as avoué. Quand est-ce que tu trouves le temps de lire ?

— Entre deux bitures. Quand je suis au plumard, je lis.

— J'ai jamais entendu un truc pareil. Moi, entre deux cuites, je suis couché... en train de crever.

— J'ai toujours lu. Même si j'ai perdu tout le reste, je m'accroche à ça.

Il alluma une autre cigarette et grogna.

— Ici, ils aiment pas qu'on lise.

— Mince, voilà qui va peser sur ma conscience. Alors, Bill, où est la bibliothèque ?

— Au premier. Mais tu pourras pas y aller. Après le dîner, y a ergo.

— Quoi ?

— Ergothérapie. Ils fabriquent des paniers.

Ça avait fini par arriver. J'étais au bord du précipice, j'allais finir chez les dingues. Les infirmières commençaient à s'affairer autour du chariot de médicaments. Je pris ma dose de Librium et je dis à Bill :

— À plus tard.

— Hé, c'est l'ergo !

Sa voix avait pris un ton gémissant. Je me levai.

— Les bouquins, c'est ça ma thérapie.

J'entendis Bill murmurer :

— Jamais vu un alcoolo aussi bizarre.

SEULS LES LIVRES COMPTENT

Il y avait toujours eu des livres. Au cours de ma vie dissolue, ils ont été la seule constante. Même Sutton, mon ami le plus proche, s'était exclamé :

— C'est quoi, cette manie de bouquiner, mec ? Tu as été flic, nom de Dieu !

La logique irlandaise dans sa plus belle expression.

Depuis, je ne sais combien de fois je lui avais dit :

— Lire me transporte.

Il répondait, avec la candeur qui le caractérisait :

— C'est du pipeau.

Comme je l'ai dit, mon père travaillait dans les trains. Il adorait les livres de cow-boy. Il avait toujours un vieux Zane Grey défraîchi dans sa poche. Il avait commencé à me les prêter. Ma mère lui disait :

— Tu vas en faire une chochotte.

Quand elle ne pouvait pas nous entendre, il me murmurait :

— Fais pas attention à ta mère. *Elle veut bien faire.* Mais continue à lire.

— Pourquoi, papa ?

Non pas que j'aie envie d'arrêter, j'étais déjà accro.

— Ça t'offrira des choix.

— Quels choix ?

Une expression lointaine apparaissait dans ses yeux.

— La liberté, fiston.

Pour mes dix ans, il m'offrit une carte de bibliothèque. Ma mère m'offrit une crosse de hurling. Elle s'en servirait fréquemment pour me filer des raclées. Je jouais au *hurling* effectivement. Sinon, comment aurais-je pu être admis dans la *Garda Siochana ?* Personne ne sait mieux apprécier un bon joueur de *hurling.*

La carte de bibliothèque signifiait « liberté ». En ce temps-là, la bibliothèque était située dans l'enceinte du palais de justice. Les livres en haut, les salles de tribunal en bas. Chaque fois que j'y allais, je contemplais les *gardai* avec un respect mêlé de crainte. Puis je montais pour contempler les livres avec émerveillement. Les deux fils directeurs de mon existence se trouvaient entremêlés.

L'un menait littéralement à l'autre. Je n'ai jamais pu me débarrasser de l'influence d'aucun des deux, quelles qu'aient été les circonstances de ma vie.

Je commençai par Robert Louis Stevenson, Richmal Crompton, les Hardy Boys. Nul doute que j'aurais continué au petit bonheur la chance, et fini par perdre tout intérêt, sans le bibliothécaire en chef de l'époque : Tommy Kennedy. Un type grand et mince, avec l'air d'être détaché du monde. Lors de mes premières visites, il avait jeté un coup d'œil à mes choix, fait « mmm... » et tamponné ma carte.

Un mardi particulièrement sombre et pluvieux, il m'avait abordé :

— Il est temps, je crois, qu'on organise tes lectures.

— Pourquoi ?

— Tu as envie de t'ennuyer ?

— Non.

Il me fit commencer par Dickens. Petit à petit, il me fit passer aux classiques, en douceur, sans tambour ni trompette. Il faisait toujours ça de manière discrète, en me laissant croire que c'était mon choix.

Plus tard, quand les tornades adolescentes vinrent tout chambarder, il me fit découvrir la littérature policière. Pour que je continue à lire.

Il mettait également des livres de côté, et plus tard, je reçus un colis contenant

de la poésie
de la philosophie
et la drogue :
les polars américains.

J'étais devenu un bibliophile dans le vrai sens du terme. Je n'aimais pas seulement lire, j'aimais les livres eux-mêmes. J'avais appris à en apprécier l'odeur, la reliure, l'impression, le contact des ouvrages entre mes mains.

Mon père m'avait construit une grande bibliothèque et j'avais appris à ranger les livres par ordre alphabétique et par genre.

Parallèlement, je me déchaînais. Je jouais au hurling, je buvais du cidre, je n'allais quasiment plus à l'école. Mais de retour chez moi, je contemplais ma bibliothèque le cœur battant.

Quand j'aimais l'apparence et le contact d'un livre, je me mettais à le lire. C'est comme ça que j'ai commencé à découvrir la poésie. Je ne l'ai jamais trouvée dans ma vie, mais elle était toujours à portée de main.

Je ne disais pas un mot de tout ça à aucun être humain.

Dans notre rue, si vous parliez de poésie, vous y laissiez vos couilles.

Mon père s'arrêtait souvent devant ma collection grandissante pour dire :

— Même chez Kenny ils seraient jaloux.

Ma mère, dégoûtée, avait sa réplique elle aussi.

— Ça lui fourre de drôles d'idées dans le crâne. Je me verrais bien dire au type qu'encaisse les loyers qu'on va les payer avec des poèmes.

Mon père me regardait et articulait en silence : *Elle veut bien faire.*

Ensuite, couché dans mon lit, j'entendais ma mère fulminer :

— Tu vas me dire, je suppose, qu'on peut manger des livres ! J'aimerais bien les voir acheter une miche de pain.

En vérité, elle finit par l'emporter. Lors de ma première journée à Templemor, elle vendit mes livres et fit du feu avec la bibliothèque.

Tommy Kennedy avait prévu de grandes choses pour moi. Il avait même imaginé que j'irais à l'université. Mes résultats me permirent tout juste d'entrer dans la police. Quand j'annonçai à Tommy mon choix de carrière, il se prit la tête à deux mains et dit :

— Quelle honte.

La veille de mon départ, le soir, je devais le retrouver au Garavan's. J'étais costaud en ce temps-là, le *hurling* et les patates avaient ajouté de la masse et du muscle. J'attendais au Garavan's. Tommy entra et plissa les yeux dans la pénombre. Je criai :

— Monsieur Kennedy !

La vie l'avait usé. Sa silhouette était celle d'un vieux lévrier. Un parfum de mélancolie flottait dans son sillage. Je demandai :

— Qu'est-ce que vous buvez, monsieur Kennedy ?

— Une bouteille de brune.

Débordant de jeunesse et de bravade, j'allai nous chercher à boire. Je me pris une pinte. Tommy dit :

— Tu commences tôt.

Je jetai un coup d'œil à ma nouvelle montre, éclatante avec son bracelet en plastique. Une promo de chez Woolworth. Il m'adressa un sourire triste et dit :

— Non, ce n'est pas ce que je voulais dire.

— *Slainte !*

— Bonne chance, Jack.

On retomba dans le silence. Finalement, il sortit un livre fin et dit :

— Un cadeau d'adieu.

Joliment relié, en vieux cuir, avec un liséré doré. Il ajouta :

— C'est *Le Lévrier du ciel* de Francis Thompson. J'espère que ce livre n'aura jamais de sens pour toi.

Je n'avais rien à lui offrir. Il dit :

— Je pourrai toujours t'envoyer des paquets.

— Euh... vaut mieux pas... vous comprenez... les gars de la campagne, ils croiront que je suis pédé.

Il se leva et me serra la main. Je dis :

— Je vous écrirai.

— Bonne idée. Que Dieu te garde.

Évidemment, je ne le fis jamais... écrire, je veux dire. Pour ma plus grande honte éternelle, il mourut deux ans avant que je l'apprenne.

SUTTON

Durant mon séjour à Ballinasloe, je pensai à un millier de choses. Déprimantes pour la plupart. Les routes parcourues à l'aveuglette en titubant. Les gens qui avaient été bons avec moi et que j'avais gravement trompés.

Un mépris désinvolte vis-à-vis des sentiments des autres. Oh oui ! J'avais une sacrée dose de culpabilité. Ajoutez-y une pincée de remords et des litres d'apitoiement sur soi, et vous aviez le parfait alcoolique dans toute sa gloire.

Dehors, j'arrivais à supporter ce fardeau en buvant. Je faisais disparaître tous ces problèmes. J'anesthésiais la douleur. Le paradoxe étant que chaque nouvelle anesthésie entraînait de nouveaux dégâts dans son sillage.

Voici venir un zombie, bourré à mort.

Les premiers jours d'hôpital, pendant la désintox, on vous encourageait à boire des tonnes d'eau. Pour éliminer les toxines. Pas de problème. On vous faisait un examen sanguin pour déterminer les dommages infligés aux reins et au foie. Les miens avaient bien dérouillé. Piqûres quotidiennes de multivitamines pour ramener de force vers la santé l'organisme qui gueulait. Plus du Librium, évidemment. Et enfin, mon préféré : un somnifère pour la nuit. C'est la nuit le plus terrifiant pour un alcoolo.

Est-ce que je faisais des rêves ? Et comment ! Mais pas ceux qu'on pouvait imaginer. Pas

mon père mort
mes amis morts
la vie morte.

Non.

Je rêvais de Sutton.

Notre amitié avait été immédiate. Ça faisait partie de ces liens affectifs inexplicables qui défient l'analyse. J'étais un jeune flic, sans expérience dans presque tous les domaines. Lui était un barman blanchi sous le harnais, vétéran de nombreuses escarmouches, réelles et imaginaires. Aujourd'hui encore, je ne suis pas sûr de connaître sa nationalité, son âge et son passé.

Ils changeaient aussi souvent que les pubs qu'on écumait. Lors de nombreuses virées, il m'avait raconté qu'il avait été, tour à tour

Soldat
entrepreneur
peintre
criminel.

Il y avait un grain de vérité dans tout ce qu'il disait, mais les détails variaient et oscillaient si souvent que vous ne pouviez jamais vous fier à tel ou tel élément particulier.

C'était un véritable caméléon. Il se fondait dans l'environnement qu'il avait choisi. Quand j'avais fait sa connaissance, il possédait un fort accent du nord. Il pouvait imiter Ian Paisley aussi facilement qu'Eamonn McCann.

C'est impressionnant, pour ne pas dire effrayant.

Un jour, je l'avais entendu imiter Bernadette Devlin de manière invraisemblable.

Quand il s'était installé à Galway, il avait perdu son accent en une semaine. On aurait juré qu'il n'avait jamais dépassé Tuam.

Mais rien de tout cela ne me mit la puce à l'oreille. Je trouvais que ça le rendait fascinant.

Car, avant tout, j'étais sourd aux choses importantes, parce que j'étais jeune...

parce que
parce que
parce que.

Peut-être parce que je ne voulais pas reconnaître son côté sombre, je laissai passer toute une série de poteaux indicateurs.

Dès le début, il avait été franc au sujet de la violence. Il m'avait parlé de bagarres dans les bars où il avait bien failli tuer ses adversaires, avant d'ajouter :

— Tu sais quoi, Jack ?

— Quoi ?

— Je le regrette.

— Parfois, la situation nous échappe.

— Non, non, c'est pas ce que je veux dire. Je regrette de pas avoir tué ces salopards.

J'écartai cette remarque d'un éclat de rire.

Mes moments de repos étaient irréguliers. Quand les « troubles » s'enflammaient, s'embrasaient, il m'arrivait d'être de service pendant quarante-huit heures d'affilée. Mais qu'importe quand tombaient mes congés, Sutton arrêtait de bosser et on partait en virée.

Un samedi soir/dimanche matin mémorable, on avait picolé longuement et sérieusement dans un bar clandestin des Lower Falls. Le parfum palpable de danger et de poudre à fusil ne faisait qu'accentuer l'effet de l'alcool. Je vous jure qu'on sentait le goût de la cordite dans les pintes. Le visage de Sutton rayonnait ; il dit :

— C'est ça, le truc, mon gars. On peut pas faire mieux.

De cette virée, j'avais conservé une harpe de soixante centimètres de haut, taillée à la main par les prisonniers de Long Kesh. J'avais dû entendre « The Men Behind the Wire » au moins cent fois.

Éclusant des pintes crémeuses accompagnées de petits verres dorés de Bushmill, Sutton se pencha vers moi, la sueur coulait sur son visage, et il dit :

— C'est pas ça, le vrai truc, Jack ?

— C'est super chouette.
— Tu sais ce qui serait le pied ?
— Je t'écoute.
— Tuer un salopard.
— Hein ?
— Ouais... juste pour liquider un connard.
— Hein ?
Il se recula, me pinça l'épaule et dit :
— Je déconne... faut que tu te détendes, Jack.

De tels moments s'étaient reproduits au fil des ans. Je les avais balayés sous le tapis des bouteilles vides et des gueules de bois monumentales.

Parfois, j'avais la désagréable impression qu'il me haïssait. Mais je n'avais jamais pu en être sûr et j'avais mis ça sur le compte de la paranoïa due à l'alcool.

Un soir, je l'attendais dans un pub de Newry. J'avais généralement un livre planqué sur moi, pour pouvoir bouquiner un peu quand l'occasion se présentait. J'étais plongé dans ma lecture lorsque j'entendis :

— Putain, Taylor, toujours tes foutus bouquins.

Je voulus le ranger, mais il s'en saisit, lut le titre *Le Lévrier du ciel* et dit :

— Francis Thompson, hein ?

— Tu connais ?

Il renversa la tête et récita :

— « Je l'ai fui jusqu'au bout des nuits et au bout des jours... »

Je hochai la tête et il dit :

— Il est mort en hurlant.

— Hein ?

— C'est comme ça que s'en vont les poivrots, ils meurent en hurlant.

— Bon Dieu.

Chaque fois que des doutes surgissaient, je les étouffais. Dans mon esprit était gravé : « C'est mon ami. Et d'abord, qui est parfait ? »

La bibliothèque de Ballinasloe était fermée. Pour travaux de rénovation. Je passais mes journées en ergothérapie. Un panier rempli de minuscules ressorts sur la table. Ma tâche : les introduire dans des stylos à bille.

Le reste du temps, j'avalais du Librium, j'essayais d'éviter Bill et j'attendais avec impatience les somnifères du soir.

Le dernier rêve de Ballinasloe fut si vivant et précis que je me demande si ça n'a pas vraiment eu lieu. Sutton disait :

— C'est toi, le lecteur... le spécialiste du crime, en fait.

— Ouais.

— Tu as lu *Le Démon dans ma peau* de Jim Thompson ?

— Non. Pas celui-là.

— Tu as loupé le meilleur.

Mais il y a un Dieu. Et pas uniquement dans la chanson de Tom Jones. Le jour de ma sortie, on me remit mes vêtements, tout propres et repassés. Plus un portefeuille bien garni. Aucun poivrot ne finit avec du fric. C'est contre les lois de la nature. En sortant de chez moi, je ne devais pas avoir plus d'une trentaine de livres. Je regardai fixement le portefeuille. L'infirmière se méprit et dit :

— Il ne manque rien, monsieur Taylor. Nous ne volons pas nos patients. Quatre cent cinquante livres. Comptez-les, si vous voulez.

Elle repartit en coup de vent. J'allai dire au revoir au Dr Lee. Je demandai :

— Puis-je apporter ma contribution ?

— Arrêtez de boire.

— Je voulais dire...

— Moi aussi.

Il me tendit la main et dit :

— Il y a les AA.

— Oui.

— Et l'Antibuse.

— Exact.

Il ne secoua pas la tête, mais le sous-entendu était là. Puis il demanda :

— Jack... avez-vous de la famille... des amis ?

— Bonne question.

— Essayez de trouver la réponse.

Dehors, le soleil brillait. Un car s'arrêta et tous les passagers entassés à l'intérieur me dévisagèrent. Dans la lumière de l'asile d'aliénés le plus tristement célèbre d'Irlande, le corps en morceaux, je ne faisais sûrement pas partie du personnel.

Je leur fis un doigt.

La plupart applaudirent.

Naturellement, il y avait un pub à un jet de pierre de l'hôpital. Pendant un moment vertigineux, je me retrouvai en équilibre. Oh, jamais le chant des sirènes ne fut aussi affreusement éclatant. Je ne pouvais pas... Je ne pouvais pas. Je me retournai et sentis le Dr Lee hocher la tête, comme s'il me voyait, et je poursuivis mon chemin.

À la gare, je n'avais qu'une demi-heure d'attente avant le départ du train. Je m'installai au buffet, sans rien commander. Il y avait un journal sur la chaise. Encore des procès. J'avais l'impression d'avoir touché mon enveloppe. Je regardai la date et mon estomac se retourna. J'étais resté enfermé douze jours. Un jour pour chaque apôtre. Je fis un calcul : j'avais été porté disparu trois jours et... j'avais gagné du fric.

Le train arriva, je trouvai une place près de la fenêtre. Je ne m'étais pas rasé à l'hôpital et une barbe presque digne de ce nom faisait son apparition. Je ressemblais au père de Kris Kristofferson. Mon nez estropié me donnait un genre « Faites pas chier ». Avant de quitter l'hôpital, je m'étais observé dans la glace. J'avais résolu le problème qui me tracassait. Mes yeux. Ils étaient clairs et presque vivants. Pas vifs, mais presque. Après des années de maladie logée à cet endroit, c'était une révélation.

Aux abords d'Athenry, le bar ambulant passa. Un jeune gars d'environ dix-huit ans me demanda :

— Thé, café, eau minérale ?

— Un thé, s'il vous plaît.

Je sentis qu'il examinait mes blessures. Je dis :

— J'ai fait une chute en moto.

— Ouah.

— Je roulais à 140.

— En Harley ?

— Évidemment.

Ça lui plaisait.

— Vous voulez boire un truc ?

— Hein ?

— On a des mignonnettes, mais genre, qui irait payer ce prix-là, hein ?

— Non... merci.

— Je vous fais les deux pour le prix d'une. Qu'est-ce que vous en dites ?

— Je ne peux pas... En fait... Je prends des cachets... pour la douleur.

— Ah... les cachets.

Il semblait bien connaître la question.

— Bon, faut que j'y aille. Portez-vous bien.

En descendant du train, je tombai sur un chauffeur de taxi que je connaissais depuis toujours. Il dit :

— Vous voyagez léger !

— Les bagages arrivent avec la voiture.

— Bien vu.

Si vous pouvez faire ce genre de trucs en restant impassible, vous êtes élu. Les chauffeurs de taxi, évidemment, sont obligés de passer un examen pour ça.

Je balayai Eyre Square du regard ; des pubs me faisaient signe à chaque coin de rue. Des individus avec des sacs à dos se bousculaient dans tous les sens, à la recherche du Nirvana : une auberge de jeunesse bon marché. Une bande de poivrots était en pleine forme en face du Great Southern Comme il n'y avait personne d'autre à qui le dire, je dis :

— Bienvenue à la maison.

LES MORTS

En entrant au Grogan's, j'éprouvai un mélange d'appréhension et d'adrénaline. Sean, assis derrière le comptoir, ne me reconnut pas. Je dis :

— Sean.

— Jésus Marie Joseph, Grizzly Adams !

Il sortit de derrière son comptoir et dit :

— Bon sang, où t'étais passé ? Tout le pays te cherche. Assieds-toi, assieds-toi, je te sers comme d'habitude.

— Pas d'alcool, Sean... juste un café.

— Tu parles sérieusement ?

— Hélas.

— Bravo.

Quand un patron de pub se réjouit que vous ne buviez pas, vous pouvez vous dire que c'est grave. Je m'assis, avec une sensation de vertige. Sean revint avec mon café en disant :

— Je t'ai mis un Club Milk pour que ça fasse moins nu.

Je goûtai le café.

— Putain, c'est bon.

Il tapa dans ses mains comme un gosse excité.

— C'est du vrai café. D'habitude, je te sers n'importe quel jus de chaussette, mais maintenant...

— C'est super, ça file un coup de fouet.

Il posa la main sur mon bras et dit :

— Allez, raconte-moi tout.

Rien de tel pour vous empêcher de parler. L'esprit dépose les armes immédiatement. Mais Sean insista :

— Cette femme, Ann... Elle est venue tous les jours, elle n'a pas arrêté de téléphoner... et Sutton, il m'a rendu dingue. Pourquoi tu n'as pas appelé ?

— Je pouvais pas.

— Oh ! je vois.

Mais il ne voyait pas. Il se leva et dit :

— Chaque chose en son temps. Je suis content de voir que tu vas bien.

Au bout d'un moment, je décidai de partir à la recherche de Sutton. Ce n'était pas difficile. Il soutenait le bar du Skeff. Sans même ciller, il demanda :

— Qu'est-ce qui t'est arrivé ?

— Je me suis égaré.

— J'aime bien la barbe, ça te donne l'air encore plus mauvais. Une pinte ou un truc plus fort ?

— Un Coca.

— Allons-y pour un Coca. Barman !

Sutton commanda une autre pinte, qu'il emporta avec le Coca jusqu'à une table près de la fenêtre. On s'assit et on trinqua, pinte contre Coca.

— À la tienne.

— À la tienne.

— Alors, c'était Ballinasloe ?

— Ouais.

— Le Dr Lee est toujours là-bas ?

— Exact.

— Un gars honnête.

— Il m'a bien plu.

Sutton leva sa pinte dans la lumière et l'examina attentivement. Il dit :

— J'ai fait deux séjours là-bas. La première fois que j'en suis sorti, j'ai picolé illico.

— Dans le pub d'à côté ?

Il rit sans aucune trace d'humour.

— Ouais. Le personnel là-bas, ils savent y faire, tu peux me croire. Ils sont habitués aux insultes. C'est un des rares endroits que je connaisse où le baratin fonctionne pas. L'hôpital envoie une équipe de nettoyage avant la fermeture. Si tu te trouves là, tu te fais choper.

Il vida la moitié de sa pinte et enchaîna :

— La deuxième fois, j'ai tenu deux jours. Je faisais des bonds sur place. Putain, mec, j'ai fait une entrée fracassante dans le bar.

— Et maintenant ?

— Tu as la réponse devant toi. Je picole avec le pied sur le frein.

— Ça marche ?

— Que dalle.

J'allai lui chercher une autre pinte, en gardant les yeux baissés. Le barman demanda :

— Un autre Coca ?

— Plutôt m'ouvrir les veines.

Cela amusa énormément le barman. Ayant rejoint Sutton, je lui parlai de mon portefeuille bien garni. Il dit :

— Tu t'es téléporté y a environ douze jours... c'est ça ? Je me souviens vaguement qu'un dealer s'est fait buter.

— Hein ?

— Ouais, une sorte de jeune zonard. Au Salmon Weir Bridge, il s'est fait tabasser à mort et on lui a piqué son pognon. Les flics étaient ravis.

Il jeta un coup d'œil à ma main bandée et fit :

— Hmm... m... hmph.

Puis il me regarda et dit :

— Comment ça se fait que tu m'as pas demandé des nouvelles de M. Ford, le regretté pédophile ?

— J'espérais que ça faisait partie des souffrances de la gueule de bois.

— T'en fais pas, vieux. Verdict : mort accidentelle. Je suis allé à l'enterrement.

— Sans blague ?

— Assistance peu nombreuse. Y a plus de monde pour un match des Celtic.

Je ne savais pas quoi penser. Sutton me tapota l'épaule et dit :

— Bon débarras.

Je rentrai chez moi vers huit heures. Mon appart' était froid et triste. La bouteille de cognac vide traînait près de la fenêtre. Je rebranchai le téléphone et appelai Ann. Elle me reconnut immédiatement et s'exclama :

— Oh, Dieu soit loué ! Jack... tout va bien ?

— Ouais, ça va... J'ai dû m'absenter... J'avais besoin d'un peu de temps.

— Mais tu es revenu.

— Oui.

— C'est merveilleux. J'allumerai des cierges pour toi.

— Dieu sait que j'en ai besoin.

Elle rit et la tension retomba. On convint de déjeuner ensemble le lendemain. Après avoir raccroché, je me demandai pourquoi je ne lui avais pas dit que j'étais sevré. Enfin, pas sevré, mais que je ne buvais plus. Il y a un abîme entre les deux. Si sobriété veut dire « esprit sain », j'avais encore du pain sur la planche. Je n'avais rien dit à Ann, car je ne savais pas si j'aurais recommencé à boire quand je la verrais.

Le Coca m'avait filé une migraine atroce, mais je pouvais tenir le choc. La sensation de malaise était plus difficile à supporter.

Dans mon lit, je tournai et virai, mais pas moyen de me souvenir du visage du pédophile.

BERCE-MOI DOUCEMENT

Les rêves s'accompagnent-ils d'une bande-son ? Comme dans les cauchemars quand vous avez du heavy metal ou Boyzone. Dans mon sommeil, j'avais l'impression d'entendre le son le plus velouté de Californie du Sud. Je rêvai de mon père. J'étais tout gamin et je le tenais par la main dans Eyre Square. Un bus passa et je m'aperçus tout à coup que je savais lire... Je lus à voix haute la publicité. Sur le côté...

PADDY

Il était enchanté. Non seulement parce que c'était le premier mot que j'épelais, mais aussi parce que c'était son nom. Autre point de vue, plus cynique : mon premier mot était le nom du whisky irlandais.

Mais rien ne peut atténuer la chaleur de cet instant. Je me sentais en parfaite communion avec lui. Les années, l'expérience et la vie ont endommagé cette union, bien des fois, mais uniquement de manière superficielle.

Le téléphone me tira de mon sommeil. Je ne voyais pas l'heure qu'il était. Je marmonnai :

— Allô ?

— Jack, c'est Sutton.

— Il est quelle heure ?

— Plus tard qu'on l'imagine.

— Bon Dieu, Sutton, qu'est-ce qu'il y a ?

— J'ai pensé que tu souffrais peut-être et que tu avais besoin d'un remontant.

— Je dormais.

— Ouais, c'est ça, comme si j'allais te croire. Bref, pendant ton absence, des gamins ont commencé à faire cramer des clodos.

— Hein ?

— Et les clodos, c'est comme nos frères. Ils sont du mauvais côté. Bref, je suis avec quelques personnes de même sensibilité et on va se choper le chef de cette bande de gamins.

— Pour quoi faire ?

— Le faire cramer.

— Putain, Sutton...

— Tu veux nous accompagner ? Pour jouer avec le feu ?

— Tu es dingue ou quoi ? C'est du lynchage.

— Non, c'est la justice.

— Dis-moi un truc, Sutton. Tu as le pied sur le frein, là, ou non ?

Il s'esclaffa et dit :

— Faut que je te laisse, c'est l'heure du châtiment.

Impossible de dormir après ça. Je fis les cent pas pendant quelques heures, en envisageant de mâchonner le papier peint. Dans la bibliothèque, je choisis John Sanford. Il avait écrit douze romans dans la série des *Proies* et je tombai par hasard sur ça :

> *Descente brutale. Il planait à la cocaïne depuis trois jours. Puis, en redescendant la nuit dernière, il s'était arrêté dans une épicerie pour acheter une bouteille de Stolichnaya. Impossible d'atterrir en douceur après trois jours de sniffette, mais la vodka transforma un atterrissage sur le ventre en véritable crash avec incendie. Maintenant, il allait devoir payer. Il allait devoir fayoter.*

Assez.

La folie, c'était que maintenant j'avais envie d'un verre,

plus que tout. Et pas n'importe quoi. Oh, non, il faudrait que ce soit une Stoli glacée.

Retour au plumard. Le sommeil céda à contrecœur, et à certaines conditions. Le lendemain matin, je tombai sur les infos de neuf heures. Troisième sujet :

> *Un jeune garçon a été grièvement blessé après avoir été brûlé volontairement à l'aube. L'incident a eu lieu à Eyre Square. Les* gardai *recherchent quatre hommes liés à cette agression. Le superintendant Clancy, faisant allusion à l'hypothèse selon laquelle il pourrait s'agir d'un acte de vengeance après les récentes agressions similaires de sans-abri, a déclaré : « Tout type d'autodéfense et toute tentative de la part de personnes privées pour faire la police seront sévèrement réprimés. »*

Il continua son baratin dans un style « mini discours sur l'état de la nation », mais je lui coupai le sifflet.

J'arrivai au Grogan's après onze heures, et Sean me demanda d'un air anxieux :

— Du vrai café ou du jus de chaussette ?

— Ce que tu as de mieux.

Quelle tristesse de voir combien il était soulagé d'entendre ça. Il revint avec une cafetière et des toasts.

— Tu auras besoin de te tapisser la paroi.

Je dis :

— Assieds-toi, j'ai un truc à te demander.

— Je t'écoute.

— N'oublie pas que la personne qui te demande ça a été récemment... disons... enfermée.

Il hocha la tête.

— C'est une idée, ou est-ce que Sutton est devenu dingue ?

Sean renifla avec mépris.

— J'ai jamais pu l'encadrer.

— D'accord... mais tu en penses quoi, toi ?

— J'ai jamais compris ce que tu lui trouvais.

C'était comme arracher une dent.

— Sean.. Sean... C'est bon, j'ai compris. Mais tu en penses quoi ?

— Faudrait l'enfermer.

— Merci, Sean. Une opinion impartiale, je n'en espérais pas tant.

Sean s'était levé et il bafouillait :

— Laisse-moi te dire un autre truc, Jack...

Comme si je pouvais l'en empêcher.

— Ce mec, il va droit en enfer, et il entraînera avec lui un maximum de gens.

Le mec en question fit son entrée une heure plus tard et dit :

— Je pensais bien te trouver ici. Sean... une pinte avant le carême.

Il m'observa et dit :

— Toujours à jeun ? Je suis impressionné. Ça te fait... combien de jours ?

— Treize.

— L'hosto, ça compte pas.

— Putain, pour moi, si.

Sean apporta la pinte et la posa brutalement sur la table. Sutton dit :

— Sale vieux grincheux.

Je dis :

— J'ai écouté les infos.

— Ils en font du foin... pour un petit salopard. Mais le meilleur, tu vas adorer, c'étaient ses potes qui chialaient et qui gueulaient : « Appelez la police ! » Génial, non ?

— Vous auriez pu le tuer.

— On a fait de notre mieux.

Sutton était plus que speedé. Comme s'il avait fini par trouver sa vocation. Il semblait sur le point de glousser. Il se pencha vers moi et dit :

— Tout ça, c'est à cause de toi, Jack.

— De moi ?

— Tu m'as montré la voie avec ce pervers. Ils sont pas seulement responsables, ils sont incurables.

— Putain, Sutton, tu vois pas que c'est de la folie ?

— Oh ! c'est sûr. Une folie magnifique.

LA MAIN SUR LE BERCEAU

Je devais retrouver Ann au restaurant chinois. J'avais laissé Sutton marmonner tout seul. Sean m'arrêta à la porte et dit :

— Je vais décrocher son tableau.

— Non, ne fais pas ça, Sean.

— C'est un cas désespéré, les clients veulent que je remette les crosses.

— Laisse-le encore un petit moment, Sutton est un peu fragile en ce moment.

— Fragile ! Cet arnaqueur ? Il serait capable de construire un nid dans ton oreille et de te faire payer le loyer.

J'allai chez Madden's et achetai six roses. Je n'avais jamais, jamais, acheté des fleurs de toute ma vie. La vendeuse demanda :

— Vous les voulez en éventail ou en bouquet ?

— J'en sais rien.

Elle rit, et je dis :

— Est-ce que vous pourriez les envelopper de manière que...

— Qu'on ne les voie pas, c'est ça ?

— C'est ça.

— Allons. Ce sont les vrais hommes qui osent tenir des fleurs.

— Je suis obligé de vous croire sur parole.

De quelque façon que je les tienne, on ne voyait qu'elles. Évidemment, c'est le jour où vous rencontrez tous les gens que vous connaissez. Tous des comiques :

« Oh, comme c'est adorable. »
« Dites-le avec des fleurs. »
« C'est toi la plus belle des fleurs. »

Ce genre-là.

J'arrivai en avance au restaurant et je les glissai sous la table... rapidement. La patronne dit :

— Je vais les mettre dans l'eau.

— Non, c'est pas la peine... sincèrement.

Quand elle demanda si je voulais boire quelque chose, je répondis :

— Une bière... Non... un Coca.

La sueur ruisselait sur tout mon corps.

Ann était... splendide. Il n'y a pas d'autre mot. Je sentis ma bouche devenir sèche et mon cœur s'emballer. Je me levai et dis comme si j'étais inspiré :

— Ann.

Elle me serra très fort dans ses bras, puis recula pour m'observer et dit :

— La barbe te va bien.

— Merci.

— Tu as l'air complètement différent, et c'est pas seulement la barbe.

Ne sachant que faire d'autre, je lui donnai les fleurs. Ouah, quel succès !

On s'assit.

Elle n'arrêtait pas de regarder les fleurs et moi ensuite. Si je devais essayer de décrire ce que je ressentais, je serais obligé d'avouer que j'étais intimidé. À presque cinquante ans. Elle dit :

— Je crois que je suis un peu intimidée.

— Moi aussi.

— Oh, vraiment, Jack ? Ça me fait plaisir.

Une serveuse vint et on commanda un festin

Nouilles sautées
Dim sum
Aigre-doux.

Puis la serveuse demanda :

— Et comme boisson ?

Je me lançai :

— Je prendrai un autre Coca... Ann ?

— Un Coca pour moi aussi.

Après le départ de la serveuse, Ann dit :

— C'est tes yeux, en fait, ils sont blancs.

— Blancs ?

— Je voulais dire... clairs.

— Oui, je vois ce que tu veux dire.

Un silence. Puis elle dit :

— Est-ce que je dois poser la question... ou ne pas en parler ?

— Je n'ai pas l'habitude, moi non plus, alors vas-y.

— C'est dur ?

— Un peu.

On nous apporta nos plats et on changea de sujet. J'aimais la regarder manger. Elle surprit mon regard.

— Quoi ?

— J'aime te regarder manger.

— C'est une bonne chose, non ?

— Je crois.

Après, on alla se promener dans Quay Street. Elle passa son bras autour du mien. Parmi les beaux gestes, c'est le top. Arrivés devant chez Jury's, on s'arrêta et elle dit :

— Je dois aller au cimetière. J'y vais tous les jours, et une journée merveilleuse comme celle-ci, j'aimerais la partager avec Sarah.

— Je t'accompagne.

— C'est vrai ?

— Ce serait un honneur.

On prit un taxi dans Dominick Street. On était à peine assis que le chauffeur nous demanda :

— Vous avez entendu ce qui s'est passé sur la place ?

Ann dit :

— Oh, c'est affreux.

Je ne dis rien. Le chauffeur, évidemment, était d'un avis contraire.

— Les gens en ont marre des flics et des tribunaux. Ça commence à bien faire.

Ann ne voulait pas entendre ça.

— Vous n'approuvez quand même pas ce qui s'est passé.

— Ma p'tite dame, si vous voyiez les énergumènes que je trimballe la nuit et leur manière de se comporter.

— De là à mettre le feu à une personne !

— C’est pas ces mêmes gamins qu’ont fait pareil avec des clodos ? Les flics, ils sont au courant.

— Quand même.

— Sans vouloir vous contredire, madame, s’il arrivait quelque chose à *votre* enfant...

RECETTE POUR ÉLEVER UN POÈTE :

« Autant de névroses que l'enfant peut en supporter. »

W. H. Auden

On marcha jusqu'à la tombe de Sarah en silence. Ann ne me tenait plus le bras.

Plus, c'est de la pitié irlandaise. Mais ça ne m'aurait pas gêné.

La tombe était incroyablement bien entretenue. Une simple croix en bois avec son nom. Et tout autour il y avait

Des ours
Un Snoopy
Des bonbons
Des bracelets.

Disposés en formation.

Ann dit :

— Ses amis. Ils lui apportent plein de choses.

C'était le plus déchirant, je trouve. Je dis :

— Ann, donnons-lui les roses.

Son visage s'éclaira.

— C'est vrai, Jack, ça ne t'ennuie pas ? Elle adore les roses... enfin, elle les adorait. Je me trompe toujours. Comment l'enfermer dans ce temps affreux, le passé ?

Elle déposa délicatement les roses et s'assit à côté de la croix. Elle dit :

— Je vais faire graver *POÉTESSE* sur la pierre tombale. Juste ça. Elle avait tellement envie de le devenir.

Je ne connaissais pas très bien le cérémonial des morts. Devais-je m'agenouiller ou m'asseoir ? Je m'aperçus alors qu'Ann parlait à sa fille. Une voix douce qui résonnait contre mon âme.

Je reculai. Je m'éloignai et faillis rentrer dans un couple de personnes âgées qui me dit :

— Belle journée, hein ?

Bon Dieu. Je continuai et arrivai devant la tombe de mon père. Je dis :

— Papa, je suis ici par hasard, mais... comme nous tous, non ?

Je radotais, ça ne faisait aucun doute. Si Sutton m'avait vu, il m'aurait fait boire de force. La pierre tombale était posée, c'est le plus terrible. C'est définitif, plus d'appel possible. Tant qu'il y a juste la croix, ça reste temporaire.

Ann arriva derrière moi et demanda :

— C'est ton père ?

Je hochai la tête.

— Tu l'aimais ?

— Oh ! bon Dieu, oui.

— Il était comment ?

— Je ne crois pas que j'aie jamais eu envie de lui ressembler, mais je voulais être aimé comme les gens l'aimaient.

— Il travaillait dans quoi ?

— Les trains. En ce temps-là, c'était pas un mauvais boulot. Tous les soirs, vers neuf heures, il mettait sa casquette et il allait boire quelques pintes. Deux. Certains soirs, il n'y allait même pas. C'est le test de l'alcoolique : boire deux pintes par jour et s'arrêter là. Moi, j'attendais toute la semaine et le vendredi, j'en buvais quatorze.

Elle m'adressa un sourire hésitant.

On en était venus à parler de moi. Dur.

— Quand je suis entré dans la police, il n'a pas fait de commentaire, sauf : « Attention que ça te conduise pas à boire. » Et quand je me suis fait virer, il a dit : « Les conditions de ton départ te ressemblent plus que des gloires passées. » Dès le début, à Templeton, un officier instructeur m'a dit : « On peut affirmer sans risques que Taylor possède un brillant avenir derrière lui. » C'est ce qu'on appelle un « comique ». Maintenant, il protège le Taoiseach[1] ; il a eu sa récompense. Mon père adorait lire ; il parlait toujours du pouvoir du livre. Après sa mort, un type m'a arrêté dans la rue et m'a dit : « Ton père, c'était une vraie pute avec les bouquins. » — J'aurais dû faire graver ça sur sa tombe. Ça lui aurait fait plaisir.

J'avais quasiment tout épuisé. À part une ou deux pensées pour rentrer à la maison en titubant. Je dis :

— J'ai un pote, Sutton. Dans le temps, il portait un tee-shirt sur lequel on pouvait lire :

SI L'ARROGANCE EST UN BIENFAIT
REGARDEZ LA VILLE SAINTE.

Ann n'avait pas saisi, elle dit :

— Je ne comprends pas.

— Lui non plus tu ne le comprendrais pas. Moi-même, je suis pas sûr de le comprendre.

Ann me demanda si j'aimerais visiter sa maison. D'accord, répondis-je.

Elle vivait à Newcastle Park. Tout près de l'hôpital. Une route part de la morgue, elle est baptisée Mass Path, le Chemin de la messe. Je ne sais pas si je pourrais passer par là très souvent.

C'était une maison moderne, claire, propre et confortable. Avec l'air d'être habitée. Ann dit :

— Je vais faire du thé.

Ce qu'elle fit, pour réapparaître avec un plateau où s'empilaient des sandwiches. De bons sandwiches à l'ancienne avec un pain épais et croustillant, une montagne de jambon, des tomates et du beurre. Je dis :

1. Premier Ministre de la République d'Irlande.

— Ils ont l'air bons.

— J'achète le pain chez Griffin. Y a toujours un monde fou.

Après une deuxième tasse de thé, je dis :

— Ann, il faut que je te parle.

— Oh, ça ne présage rien de bon.

— Ça concerne l'enquête.

— Tu as besoin d'argent. J'en ai.

— Assieds-toi. Je n'ai pas besoin d'argent. J'ai eu... une manne pharmaceutique, ne t'en fais pas pour ça. Écoute, si je te disais que l'homme responsable de la mort de Sarah est mort, est-ce que tu pourrais te satisfaire de ça ?

— Que veux-tu dire ? Il est mort ?

— Oui.

Elle se leva et dit :

— Mais personne ne le sait. Je veux dire... La mort de Sarah est toujours considérée comme un suicide. Je ne peux laisser ses amis, et son école, croire qu'elle a fait ça.

— OK.

— OK ? Ça veut dire quoi, Jack ? Tu peux prouver la vérité ?

— Je ne sais pas.

Cela signifiait que je devrais m'attaquer à Planter. Si elle avait accepté ce que je lui proposais, j'aurais laissé tomber.

Je crois.

Mais Sutton ne le laisserait certainement pas s'en tirer comme ça, alors, je me disais que je n'avais pas le choix.

« Je n'ai aucune moralité à prêcher.
Je travaille aussi près que possible
de mes nerfs. »

Francis Bacon

Un peu plus tard dans la soirée, on alla se coucher. J'étais très nerveux. Je lui dis :

— Je crois que je n'ai jamais fait l'amour à jeun.

— Ce sera meilleur, tu verras.

En effet.

Vers minuit, je m'habillai et Ann demanda :

— Pourquoi tu ne restes pas ?

— Pas tout de suite.

— OK.

Elle se leva et disparut. Elle revint quelques minutes plus tard avec un objet dans la main.

— Je veux te montrer quelque chose.

— D'accord.

— C'est le journal intime de Sarah.

Elle me tendit un livre relié de cuir rose. J'eus un mouvement de recul, véritable.

— Bon Dieu, Ann. Je peux pas faire ça.

— Pourquoi ? Ça te donnera une idée de la fille qu'elle est... qu'elle était. S'il te plaît.

Je ne pouvais pas lui dire que c'était le meilleur moyen de me faire sauter sur une bouteille. Une intrusion fugitive dans l'esprit d'une jeune fille morte.

Ann continuait à me tendre le journal intime. Je dis :

— J'essaierai. Je ne te promets pas que je pourrai le lire, mais j'essaierai.

Elle m'enlaça, m'embrassa dans le cou et dit :

— Merci, Jack.

En rentrant chez moi, je sentais son poids dans ma poche, comme une bombe. J'envisageai d'appeler Cathy B. Pour lui demander de le lire. Mais je ne pouvais m'en séparer. Ann n'accepterait pas. Jurant comme un charretier, je fus chez moi en moins de dix minutes. Je glissai le livre sous mon lit pour ne pas le voir dès l'aube. Et pas question de l'ouvrir en pleine nuit.

Le lendemain matin, je pris ma douche, fis du café, puis les cent pas, et je décidai finalement de l'affronter.

La couverture était usée, le cuir rose tout râpé à force.

À l'intérieur, il était écrit :

Ce journal appartient à
Sarah Henderson,
poétesse,
Irlande
Et c'est PERSONNEL
alors, ne regarde pas maman !

Bon Dieu ! C'était encore pire que je le pensais.

Je fis le vide dans mon esprit et j'essayai de nouveau. La plupart des notations étaient prévisibles. Le lycée, les amis, la musique, les fringues, les régimes, les béguins.

Je réussis à avancer, mais de temps en temps :

Maman a dit que je pourrais avoir
un portable pour Noël.
Elle est supra géniale !

Et j'avais envie de hurler.

J'atteignis le moment où elle commença à travailler à mi-temps chez Planter.

M. Ford est pas cool du tout.
Toutes les filles se moquent de lui
dans son dos. Il est trop zarbi.

Puis le ton changeait. Elle était enthousiaste, remplie d'excitation, enchantée :

Bart m'a proposé de me raccompagner.
Sa bagnole est extra.
Je crois que j'ai flashé sur lui.

Et à partir de là, Bart... uniquement ce prénom... ou un cœur avec Bart et Sarah... sur des pages et des pages.

Dernière notation :

Je ne peux plus continuer ce journal.
Bart dit que c'est pour les enfants.
Il m'a promis un bracelet en or
Si je venais à la soirée vendredi.

Je décrochai le téléphone et appelai Cathy. Elle demanda :

— Où t'étais passé, bordel ?

— J'étais en mission secrète.

— Tu veux quelque chose ?

— Un truc tout simple.

— Vas-y.

— Quand tu as fait des recherches sur Planter, tu as pris des notes ?

— Évidemment.

— Bravo. C'est quoi, son prénom ?

— Attends, je regarde...

Puis :

— Ça y est, je les ai, voyons voir... Ah oui, voilà... Bart... holomew.

— Génial !

— Attends, raccroche pas. J'ai un engagement.

— Super. Quand ?

— Samedi soir, au Roisin. Tu viendras ?

— Forcément. Je peux amener quelqu'un ?

— Amènes-en des centaines.

UNE COMPLAINTE DE GALWAY

Avril durant,
tu observas
d'un
lieu de
tolérance
... nommé courage.

Le Roisin Dubh avait accueilli sur scène la plupart des grands groupes. Il a conservé une atmosphère intime. Comprenez : c'est plein à craquer. Ann portait un blouson en cuir court avec un 501 délavé, et elle avait attaché ses cheveux en arrière. Je dis :

— Ça, c'est une tenue de concert.

— Ça va ?

— C'est de la dynamite.

Pour ma part, fondu au noir. Sweat-shirt et pantalon de velours. Ann dit :

— Tu ressembles à un prêtre gâté.

— Comme un enfant ?

— Non, gâté... comme un fruit.

— Mmm.

On se fraya un chemin parmi la foule pour approcher de la scène. Je dis :

— Je vais juste voir comment va Cathy.

— Tu crois qu'elle a le trac ?

— Moi, je l'ai.

Cathy était dans une minuscule loge. Elle dit :

— Je savais que tu viendrais.

— Ah bon ?

— Forcé. Tu as encore la pêche, même pour un vieux. Tiens...

Elle fit glisser un verre vers moi : un double... non, un triple quelque chose. Je demandai :

— C'est quoi ?

— Du Jack. Ça te file un coup de fouet.

— Non merci.

— Hein ?

— Je bois plus.

Elle se retourna.

— Tu quoi ?

— Depuis plusieurs jours. J'essaye.

— Ouah !

J'aurais donné mon bras droit pour ce verre. La lumière faisait miroiter le liquide. Je détournai le regard. Cathy demanda :

— Et la barbe ? Ça sort d'où ?

— C'est pour se donner un genre.

— C'est une réponse d'Irlandais. Je comprends que dalle. Allez, laisse-moi... Faut que je me concentre.

Je me penchai pour déposer un baiser sur le dessus de son crâne et dis :

— Tu es une star.

Ann avait deux verres dans les mains. Elle dit :

— Coca... Je me suis permis.

— C'est parfait.

Plusieurs personnes me saluèrent, firent des commentaires sur la barbe et dévisagèrent Ann.

Cathy apparut sur scène. La foule se tut. Elle lança :

— Bonsoir.

— Bonsoir toi-même !

D'entrée de jeu une version punk de « Galway Bay ». Comme Sid Vicious avec « My Way ». À cette différence près que Cathy savait chanter. Elle donnait à cette chanson un côté poignant qui m'avait échappé à force de l'écouter. Vint ensuite le « Powderfinger » de Neil Young.

Elle couvrait un large répertoire, de Chrissie Hynde à Alison Moyet, pour terminer par « Misguided Angels » de

Margo Timmins. À un rythme d'enfer. Puis elle sortit de scène. Applaudissements monstres, sifflets, « une autre, une autre... ». Je dis à Ann :

— Elle ne fera pas de rappel.

— Pourquoi ?

— Elle ne garde jamais une chanson en réserve. Elle a terminé.

En effet.

Les lumières se rallumèrent. Une ambiance de camaraderie, de bonté, avait envahi la salle. Ann dit :

— Elle est géniale. Quelle voix !

— On boit un verre ? Un truc sérieux, cette fois, y a pas de problème.

— Vin blanc ?

— Très bien.

Une fois servi, je me retournai pour tomber nez à nez avec Sutton. Il regarda mon verre et dit :

— Du vin ? C'est un début.

— Pas pour moi.

— Si tu le dis. Cette Anglaise a du coffre, dis donc. Au plumard, elle doit te tuer.

— C'est pas ton genre.

— Elles sont toutes mon genre. Tu te souviens de notre M. Planter ?

— Évidemment.

— Il admire les peintres. Il se prend pour un collectionneur.

— Tu lui as parlé.

— Un type adorable. J'ai rencart chez lui demain à midi. Tu peux venir, en tant qu'assistant.

— Qu'est-ce que tu as l'intention de faire ?

— Je vais coincer cette ordure. Je suis peintre, Jack. Tu te souviens ? Je passe te prendre à 11 h 30.

Je donnai son verre à Ann.

— Je vais juste dire au revoir à Cathy.

— Dis-lui qu'elle a été super.

La loge de Cathy était bourrée d'admirateurs ; elle avait le visage rouge, les yeux brillants. Je dis :

— Tu as été sensationnelle.

— Merci, Jack.

— Tu es occupée, je voulais juste te dire ça.

— Garde ta barbe.

— Tu crois ?

— Ça te donne de la personnalité.

Un serpent avait mordu tellement de gens que peu osaient s'aventurer dehors.

Le Maître passait pour avoir dompté le serpent. Résultat, les gens se mirent à lui jeter des pierres et à le tirer par la queue.

Le serpent se plaignit au Maître, qui dit : « Tu ne fais plus peur aux gens, c'est mal. »

Le serpent, très en colère, répondit :

« Tu m'as demandé de pratiquer la non-violence.

— Non, je t'ai dit de ne plus faire du mal, pas d'arrêter de siffler. »

Le lendemain matin, je préparai un vrai petit déjeuner. Ne pas avoir la gueule de bois, c'était formidable. Mon visage cicatrisait et la barbe cachait le reste. Je me fis des œufs et me coupai un gros morceau de pain. J'étais allé chez Griffin.

Une tasse remplie de thé et j'étais paré. On sonna à la porte et je dis :

— Merde.

C'était Sutton. Je dis :

— Putain, il est tôt !

— Je me suis pas couché.

— Entre et prends un petit déjeuner.

Il me suivit et j'allai chercher une autre assiette. Il dit :

— Je préfère le prendre liquide, merci.

— Je n'ai que du scotch médiocre.

— Je suis un gars médiocre. Fais-moi un peu de café pour le colorer.

Mes œufs avaient refroidi. Quand je lui eus apporté un café et la bouteille de scotch, il désigna mon assiette et dit :

— Tu vas quand même pas bouffer ça ?

— Non, plus maintenant. J'ai une perversion : j'aime que ma bouffe soit plus ou moins chaude.

— Ouah... susceptible.

Il balaya l'appartement du regard.

— Je serais bien ici.

— Quoi ?

— Je suis passé l'autre jour, mais tu étais parti te balader. J'ai bavardé avec ta voisine, Laura.

— Linda.

— Peu importe. Une fille de la campagne au visage blême, pleine de fourberie. Évidemment, je l'ai séduite. En tout bien tout honneur. Quand elle a su que j'étais artiste, elle m'a proposé ton appart'.

— Elle t'a proposé quoi ?

— Y a de l'écho ici ? Elle a dit que tu t'en allais et qu'elle cherchait un locataire convenable.

— La salope.

— L'attrait de l'art, hein ?

— Tu parles sérieusement ? Tu vas t'installer ici ?

Il se leva, finit son café bruyamment et me regarda avec des yeux comme des soucoupes.

— Hé, mon pote. Tu crois que je pourrais te baiser ? Tu es mon héros. Bon, on ferait bien d'y aller, l'art nous appelle.

Une VW Golf cabossée était garée devant la porte. D'un jaune éclatant. Je dis :

— Dis-moi que c'est pas vrai.

— Oh, si. La Volvo est naze. J'ai dû emprunter celle-ci.

— Ils vont nous voir venir, littéralement.

— Évidemment.

Planter vivait à Oughterard. Sa maison était située sur la route menant au village. « Maison » est un terme trop insipide. Apparemment, il avait un peu trop regardé « Dallas » et il avait décidé de se payer un Southfork à l'irlandaise. Je dis :

— La vache...

— Serions-nous impressionnés ?

Une longue allée bordée d'arbres, puis la demeure principale. Encore plus tapageuse vue de près. Sutton dit :

— C'est moi qui parle.

— Ce sera une première.

Il sonna à la porte et je remarquai les caméras de surveillance au-dessus de l'entrée. La porte s'ouvrit et une jeune femme en uniforme de domestique demanda :

— *Qué ?*

Sutton lui fit son plus beau sourire, un aveuglement démoniaque, et dit :

— *Buenas dias, señorita.* Je suis le *Señor* Sutton, *el artist.*

Elle répondit par un gloussement nerveux et nous fit entrer. Je regardai Sutton et demandai :

— Tu parles espagnol ?

— L'espinguouin.

La jeune femme nous fit entrer dans un gigantesque bureau.

— *Momento, por favor.*

Il y avait des tableaux sur tous les murs. Sutton les examina de près et dit :

— Y a quelques bons trucs.

Une voix dit :

— Content que ça vous plaise.

On se retourna.

Planter se tenait sur le seuil. Je ne sais pas trop à quoi je m'attendais, mais vu la maison, le business, la réputation, j'avais imaginé un type grand et costaud. J'avais tort. Il mesurait dans les un mètre soixante-cinq et il était presque chauve, avec un visage creusé de profondes rides. Ses yeux sombres ne dévoilaient presque rien. Il portait un pull avec un petit joueur de polo sur la poitrine et un pantalon en velours miteux. Vous l'imaginiez enfilant un vieux Barbour usé pour sortir. Personne ne proposa de poignée de main. L'atmosphère ne s'y prêtait pas. Sutton dit :

— Je suis Sutton et voici Jack, mon assistant.

Planter hocha la tête et demanda :

— Un petit rafraîchissement ?

Il tapa dans ses mains et la domestique réapparut. Sutton dit :

— *Dos cervezas.*

On resta muets jusqu'à ce qu'elle revienne avec les deux bières sur un plateau. Sutton prit les deux et dit :

— Jack ne trinquera pas. Je paie pas le personnel pour qu'il boive.

Planter esquissa un sourire et dit :

— Asseyez-vous, je vous en prie.

Il se dirigea d'un pas décidé vers un fauteuil en cuir. Je regardai si ses pieds touchaient le sol. Sutton s'assit en face de lui et je restai debout. Planter dit :

— Ça fait un certain temps que j'admire votre travail. L'idée de vous passer une commande me séduit assez.

Sutton avait vidé un verre de bière ; il rota et dit :

— Pourquoi pas un portrait ?

— Vous faites des portraits ?

— Pas pour l'instant, mais après quelques bières, je vous peindrai Tombouctou.

Planter ne se formalisait pas des manières de Sutton. Au contraire, il semblait trouver ça amusant, et il dit :

— Certainement. Je pense plutôt à un paysage.

Je dis :

— Avec de l'eau ?

Pris au dépourvu, il fut obligé de se tourner pour me faire face.

— Je vous demande pardon ?

— De l'eau, Bartholomew. Ça ne vous ennuie pas que je vous appelle comme ça ? Pourquoi pas la jetée Nimmo, histoire de vous rafraîchir la mémoire ?

Il se leva.

— Je vous demande de vous en aller.

Sutton dit :

— Je prendrais bien une autre bière.

— Dois-je appeler quelqu'un ?

Je dis :

— Non, on trouvera la sortie tout seuls. Mais on reste en contact, au sujet de Nimmo.

Un tas de choses
me manquent,
mais surtout moi.

Devant chez Planter, je dis à Sutton :

— File-moi les clés de la bagnole.

— Je peux conduire.

— Et si ce connard a appelé les flics ?

Je n'ai jamais été un très bon conducteur. Avec ma main gauche bandée, j'étais quasiment un danger. Malgré tout, ça valait mieux que Sutton complètement imbibé. Je fis grincer les vitesses plusieurs fois et Sutton beugla :

— Tu vas niquer l'embrayage.

— Tu as dit que c'était une bagnole empruntée.

— Empruntée, pas jetable.

Je ralentis, en essayant d'ignorer l'impatience des autres conducteurs. Sutton dit :

— Tu as merdé, mon pote.

— Pardon ?

— Avec Planter ! Je croyais que tu devais la fermer.

— Je suis pas doué pour jouer les assistants.

— J'avais envie de m'amuser avec lui, de continuer à le faire flipper.

— On l'a fait flipper. Un peu plus tôt que prévu, c'est tout.

— C'est quoi le plan, maintenant ?

— On attend et on voit ce qui se passe.

— C'est ça, le plan ?

— J'ai pas dit que c'était un bon plan, mais il y en a pas d'autre.

On finit par arriver à Galway. Sutton avait piqué du nez. Je le secouai et il se réveilla en sursaut.

— Qu'est-ce qui se passe ?

— Du calme, on est arrivés.

— Putain, j'ai fait un sacré cauchemar. Tobe Hopper serait jaloux. J'ai l'impression qu'un canari m'a chié dans la bouche.

— Tu veux entrer prendre une douche ?

— Non, je vais me pieuter.

Je descendis de voiture et attendis. Sutton s'ébroua et dit :

— Jack, ça te viendrait pas à l'idée de me dénoncer, hein ?

— À qui je te dénoncerais ?

— Aux flics. Tu connais le dicton : « Quand on a été garda... » Tu pourrais avoir envie de te faire bien voir de tes anciens potes.

— Tu délires.

Il m'observa longuement, puis :

— Tu es en train de devenir un citoyen modèle, tu le sais ? Bon Dieu, dans le temps, t'étais un looser qui picolait, mais au moins, tu étais prévisible.

— Va donc te coucher.

— Et toi, Jack, ressaisis-toi.

Il enclencha la première et s'inséra au milieu de la circulation dans un crissement. J'entrai chez moi et essayai de me préparer rapidement un autre petit déjeuner. Mais le cœur n'y était pas. Je me contentai d'un café et me laissai tomber dans un fauteuil. Je repensai à ce qu'avait dit Sutton et me demandai s'il y avait une part de vérité dans ses accusations. Un seul verre suffirait à effacer toute idée moralisatrice. Et tout le reste aussi.

Je repensai à Planter et je ne voyais pas comment j'allais pouvoir prouver qu'il était responsable de la mort de Sarah.

Le temps s'écoulait également au sujet de mon logement. Si je devais finir comme un sans-abri, j'avais déjà la barbe au moins.

Les jours suivants, je n'eus aucune nouvelle de Sutton. J'allai voir au Skeff : aucune trace. Je me rendis au Grogan's et Sean me servit son vrai café. Je demandai :

— Et alors ? Pas de petit gâteau ?

— Tu n'as plus besoin de soutien.

— Sean.

— Quoi ?

— Tu me connais... depuis combien de temps ?

— Une éternité.

— Exact. Tu m'as vu dans un tas d'états différents.

— Exact.

— Autrement dit, tu me connais mieux que n'importe qui.

— C'est juste.

— À ton avis, je serais capable de dénoncer un ami ?

S'il fut surpris par cette question, il ne le montra pas. Il sembla réfléchir sérieusement. Je m'attendais à un « Bien sûr que non ! » immédiat. Finalement, il me regarda droit dans les yeux et dit :

— Tu as été flic.

J'ai pris ta main
sans raison
aucune.

En réalité, le temps ne passe pas. C'est nous qui passons. Je ne sais pas pourquoi, mais je crois que c'est une des choses les plus tristes que j'aie jamais apprises. Tout ce que j'ai appris, ça a toujours été à mes dépens.

Le plus grand défaut d'un alcoolique, c'est son refus absolu de tirer les leçons du passé.

Le mien m'avait appris que si je buvais, le chaos s'installait. Je ne me faisais plus aucune illusion. Pourtant, j'aurais donné n'importe quoi pour dévisser le bouchon d'une bouteille de scotch et me relaxer. Ou même pour une abondance de pintes. Je fermais les yeux et je voyais une table. En bois, évidemment. Et des dizaines de Guinness crémeuses alignées pour me saluer. Ahhh, la perfection.

Je me levai et me secouai physiquement. Ce truc me dévorait vivant. Galway est une ville super pour se promener. L'itinéraire préféré, c'est de prendre la promenade. Dans le temps, seuls les *Galwegians* suivaient un rituel particulier. Vous partiez de Grattan Road puis vous dépassiez Seapoint. Vous vous arrêtiez là un instant et vous entendiez le fantôme de tous les groupes défunts :

The Royal
Dixies
Howdowners
The Miami.

Je ne sais pas si c'était une époque simple. Mais elle était vachement moins compliquée. En plein milieu d'une danse, aucun téléphone portable ne venait détruire la magie. Puis vous passiez devant chez Claude Toft, et vous longiez la plage jusqu'à ce que vous atteigniez Blackrock. C'est là qu'intervenait le rituel. Arrivé devant le mur, vous le touchiez avec votre chaussure.

Mais l'info s'est répandue. Même les Japonais décochent un petit coup de pied de karaté dans la pierre.

Je ne leur en tiens pas rigueur, mais d'une certaine façon, le geste s'est édulcoré.

Allez comprendre.

Je pénétrai en ville et décidai de me payer une décharge de caféine pour le trajet.

Aussi loin que remontent mes souvenirs, il y a toujours eu des sentinelles. Deux types perchés sur des tabourets, à n'importe quelle heure. Toujours le même duo. Ils portent des casquettes en tissu, des grosses vestes et des pantalons en Tergal. Ils ne sont jamais côte à côte. Ils sont assis chacun à une extrémité du bar. Je ne jurerais pas qu'ils se connaissent.

Mais surtout :

Vous pouvez vous approcher d'eux en douce ou de n'importe quelle façon, c'est toujours pareil. Deux pintes de Guinness, à moitié remplies. Le synchronisme qui s'emballe. Impossible à planifier. Si un jour, en entrant, je vois les verres pleins ou vides, je saurai que le changement est définitif.

En me dirigeant vers ma place habituelle, je jetai un coup d'œil pour vérifier. Ouais, les deux verres étaient bien là, remplis à moitié.

Sean était d'humeur massacrante. Il posa brutalement un café devant moi, sans dire un mot. Je dis :

— Bonjour à toi aussi.

— Sois pas insolent avec moi.

Réprimandé comme il faut, je sirotai mon café. Il n'était pas très chaud, mais je sentais que ce n'était pas le moment de le faire remarquer. Je parcourus le journal. J'appris que les *gardai* ne feraient pas partie de la nouvelle police européenne car ils n'étaient pas armés. Un type que je connaissais vaguement s'approcha et me demanda :

— Tu as une minute, Jack ?

— Oui, assieds-toi.

— Je sais pas si tu te souviens de moi : Phil Joyce.

— Évidemment.

Je ne m'en souvenais pas.

Il s'assit et sortit du tabac et du papier. Il demanda :

— J'espère que ça te gêne pas.

— Fais donc.

Il fit.

C'était un gars qui fumait avec son cerveau. Il aspirait si fort la nicotine que ça faisait gonfler ses pommettes. Il recracha la fumée en poussant un long soupir. De plaisir ou de souffrance, difficile de les départager. Il dit :

— J'ai entendu dire que tu avais arrêté de picoler.

— Un peu.

— Bravo. Tu voudrais bien te porter garant de moi ?

— Pour quoi ?

— La Poste.

— D'accord, mais je suis pas sûr d'être le mieux placé.

— Oh ! peu importe. Je veux pas de ce boulot.

— Pardon ?

— C'est pour que la Sécu me foute la paix. Je donne l'impression de chercher.

— Hmm... OK.

— Merci bien.

Et il s'en alla. Je me levai et voulus laisser de l'argent sur la table. Sean s'était approché, il demanda :

— C'est quoi, ça ?

— Le prix du café.

— Oh... et depuis quand tu payes ?

J’en avais marre, j’aboyai :
— Qu’est-ce qui te fait mal au cul ?
— Surveille ton langage, jeune Taylor.
Je le poussai pour passer.
— Sale vieux grincheux.

Au cours d'une messe récente dans la cathédrale de Galway, une jeune voyageur New Age horrifia les fidèles en parcourant l'allée centrale en agitant une fausse arme à feu.

Il fut inculpé mais libéré contre une caution de 6 pence, car il était fauché.

Ses amis New Age, découvrirent par la suite les gens du coin, avaient apprivoisé onze rats qu'ils avaient baptisés et dont ils s'occupaient sous leurs tentes.

Comme le type dans la pub pour Carlsberg, on peut juste demander : « Pourquoi ? »

Je descendais Quay Street. Les durs à cuire du coin prononcent « Kay », pour les autres, c'est « Key ». Il dut y avoir un miracle car un éclat de soleil frappait les immeubles.

Une ombre me tomba dessus. Le chef des clodos. Je le connaissais sous le nom de Padraig. Les rumeurs habituelles l'accompagnaient. Issu d'une grande famille, paraît-il, il avait été

Enseignant
Avocat
Neurochirurgien.

Je l'avais toujours connu à la masse et amateur d'allusions littéraires. Aujourd'hui, il était à moitié bourré, et il dit :

— Salut à toi, mon ami barbu. Est-ce que par hasard on profite de la fin du solstice d'hiver ?

Je souris et lui donnai quelques livres. On ignora l'un et l'autre les tremblements de sa main. Il mesurait environ un mètre soixante-cinq. Il était émacié, avec une tignasse de cheveux blancs sales. Son visage était une profusion de vaisseaux éclatés, et gonflé maintenant. Il avait le nez cassé et je compatissais évidemment.

Bleus, les yeux les plus bleus que vous ayez jamais vus... soulignés de rouge, forcément. Carte d'état-major. Il dit :

— J'ai pas connu ton père ?

— Paddy... Paddy Taylor.

— Un homme plein de finesse et de goût. N'est-ce pas ?

— Il avait des bons côtés.

— J'en déduis, puisque tu emploies le passé, qu'il n'est plus parmi nous... ou pire, en Angleterre.

— Il est mort.

À pleins poumons, Padraig se mit à chanter. Cela me flanqua la frousse. Il chantait ou beuglait :

Aveuglément, aveuglément
pour finir
nous nous éteignons.

Il s'interrompit pour ramasser un mégot et l'allumer avec une grosse boîte d'allumettes cabossée. Je jetai des coups d'œil furtifs aux alentours, en espérant que la chanson était terminée. Il tira fortement sur la cigarette et dans un nuage de nicotine, il brailla :

Mais l'homme ne peut s'attarder
car nulle part
il ne trouve le repos.

Il s'arrêta de nouveau et je sautai sur l'occasion.

— Vous arrêterez si je vous donne encore de l'argent ?

Il rit, dévoilant deux dents jaunies ; les autres, de toute évidence, étaient mortes au combat.

— Mais certainement !

Je lui donnai encore une livre. Il l'examina et dit :

— J'accepte les euros aussi.

Je traversai pour pénétrer dans Claddagh, avec le Spanish Arch sur ma gauche. Padraig calqua son pas sur le mien et il dit :

— Tu n'es pas un homme très généreux... généreux au niveau des informations, s'entend. Tout ce que tu dis possède les qualités de la brièveté et de la clarté.

Avant que je puisse répondre, brièvement ou clairement, il fut pris d'une quinte de toux abominable. Des mucosités et diverses substances non identifiables remontèrent. Je lui donnai un mouchoir. Il s'en servit pour essuyer ses yeux qui coulaient.

— Je te suis reconnaissant, jeune Taylor. Voilà bien des lustres qu'un pèlerin ne m'a pas offert son mouchoir.

Je dis :

— Votre accent est difficile à localiser.

— Comme un revenu régulier, il possède quelque chose d'insaisissable... pour ne pas dire expansif.

On ne pouvait rien répondre à ça, je n'essayai même pas. Il dit :

— Dans une période sombre de mon existence, je venais, me semble-t-il, de la campagne de Louth. Connais-tu ce territoire désolé ?

— Non.

Je me concentrais pour ne pas parler comme lui. C'était très contagieux. Il plongea la main dans les profondeurs de son manteau, un gros machin en tweed. Une bouteille marron apparut.

— Une petite goutte de picrate, peut-être ?

Il essuya le goulot avec l'extrémité propre de mon mouchoir. Je fis non de la tête. Nullement froissé, il dit :

— Le seul conseil dont je me souvienne, c'est il vaut mieux être chanceux que bon.

— Vous l'êtes ?

— Quoi ?

— Chanceux.

Il répondit par un rire profond.

— Il y a bien longtemps, en tout cas, que je n'ai pas été bon. Quel que soit le sens de ce mot.

Un groupe de clochards émergea de derrière le mur de foot. Padraig se secoua avec une énergie artificielle et dit :

— Mes gens m'attendent. D'aventure, on se reparlera peut-être.

— Ce sera avec plaisir.

Pas d'enthousiasme débordant, mais une certaine approbation dans le ton.

Finalement, j'atteignis Salthill et je suivis la promenade. Je repensai aux sentinelles du Grogan's. Quel que soit le jour, à midi, les deux types ôtaient leurs casquettes et se signaient pour l'angélus. Ils baissaient même la tête pour murmurer leur prière.

À l'exception de ces étranges poches de souvenirs, l'angélus comme les logements et le prêteur sur gages de Quay Street avaient été dynamités par la nouvelle prospérité. Qui saura mesurer la perte ? Je ne me souviens même pas de la prière.

Quand vous arrêtez l'alcool, votre esprit s'accélère. Une centaine de pensées vous assaillent simultanément.

Trois gars d'une vingtaine d'années me croisèrent. Ils tenaient des boîtes de Tenants Super. J'aurais pu les braquer. L'odeur de la *lager* m'appelait.

J'étais tombé sur des bouquins de Keith Ablow. Un psychiatre spécialisé dans la médecine légale. Il écrivait :

> *Vous avez besoin d'un verre. C'est comme ça que ça commence. Un besoin. Le besoin était réel, toujours. Parce que j'avais besoin de quelque chose. J'avais besoin de courage pour affronter ce que je devais faire ensuite. Et je n'en avais pas. L'alcool vous fait oublier que vous êtes un lâche, pendant un moment. Jusqu'à ce que le moment passe. Ce que vous deviez affronter possède maintenant des griffes et est devenu un monstre que vous ne voulez même pas voir. Puis le monstre se met à pisser de l'alcool, plus vite que vous pouvez l'ingurgiter.*

Essayez de comprendre.

Souvenez-vous des lois primaires de la physique : toute force engendre une force égale et inverse. Si vous accomplissez un geste de grâce, vous vous rebiffez contre le système. C'est comme provoquer Satan en duel. Toutes sortes d'enfers vous guettent.

Le lendemain, revigoré par ma promenade, je décidai de faire examiner ma main.

J'avais un médecin, mais au fil des années de picole, j'avais perdu le contact. Une fois, j'y étais allé pour obtenir des tranquillisants costauds et il m'avait viré.

Je ne savais même pas s'il était toujours en vie. Je décidai de courir le risque et j'allai au Crescent.

Un arrêt au stand qui relie le bord de mer et la ville. La Harley Street de Galway. Sa plaque était toujours là. J'entrai et une jeune réceptionniste me demanda :

— Vous désirez ?

— J'étais patient ici, dans le temps. Mais je sais pas si mon dossier est toujours là.

— On va voir ça.

Il y était.

Elle parcourut le dossier.

— Ah, vous êtes dans la *gardai.*

Bon Dieu, ça faisait combien de temps que j'étais pas venu ? Elle regarda ma barbe et je dis :

— Mission d'infiltration.

Elle n'y croyait pas un seul instant.

— Je vais voir si le docteur est libre.

Il l'était.

Il avait vieilli, mais comme tout le monde, non ? Il dit :

— Bon sang, vous avez fait la guerre.

— Exact.

Il m'examina à fond.

— Pour les doigts, vous pourrez retirer le plâtre dans quelques semaines. Le nez, il faudra vivre avec. Et au niveau de l'alcool ?

— J'ai arrêté.

— Il était temps. Ils mesurent l'alcool en unités maintenant. Combien par jour ? Moi, je suis plutôt de la vieille école. Je mesure combien de personnes se retrouvent dans les unités de soin.

Ne sachant pas si c'était de l'humour, je ne relevai pas. En me renvoyant, il dit :

— Que Dieu vous protège.

Je n'allai pas au Grogan's.

— Aujourd'hui, je peux me passer des remarques de Sean.

Je croisai Linda devant mon appartement et elle me rappela :

— Vous avez deux semaines pour trouver un nouveau logement.

Je songeai à un éventail de réponses, mais optai pour la confusion, et je dis :

— Que Dieu vous protège.

Ce soir-là, je regardais Sky Sports quand le téléphone sonna. C'était Ann. Je pris un ton dégagé :

— Salut, ma chérie.

— Jack, il y a eu un accident. Grave.

— Quoi ? Qui ?

— C'est Sean... il est mort.

— Oh, mon Dieu !

— Jack... Je suis à l'hôpital. Ils ont amené Sean ici.

— Attends-moi, j'arrive.

Je raccrochai. Puis j'armai mon bras gauche et donnai un coup de poing dans le mur. Le choc contre mes doigts en voie de guérison me fit hurler. Quatre fois, cinq fois, systématiquement, je frappai dans le mur et m'écroulai sous l'effet de la douleur. Un braillement d'effroi me terrifia, jusqu'à ce que je m'aperçoive qu'il sortait de ma bouche.

Ann m'attendait à l'entrée de l'hôpital. Elle voulut me serrer dans ses bras, mais je la repoussai d'un geste. Elle vit ma main et demanda :

— Qu'est-ce qui t'est arrivé ?

— Je suis tombé, et non, je n'avais pas bu.

— Je ne voulais pas dire...

Je pris sa main dans ma main droite.

— Je sais. Où est-il ? Que s'est-il passé ?

— Il a été renversé par un chauffard qui a pris la fuite. Ils disent qu'il n'a pas souffert.

— Comment ils le savent ?

Au troisième étage, un médecin et deux *gardai*. Le médecin me demanda :

— Vous êtes de la famille ?

— Je sais pas.

Les *gardai* échangèrent un regard. Je demandai :

— Je peux le voir ?

Le médecin regarda Ann et dit :

— Je crains que ce ne soit pas une bonne idée.

— Je vous connais ?

Il secoua la tête, et j'enchaînai :

— C'est bien ce que je pensais. Alors, qu'est-ce que vous en savez, hein ?

Un des *gardai* fit :

— Hé !

Le médecin dit :

— Suivez-moi.

Il me précéda dans le couloir et s'arrêta devant une porte.

— Préparez-vous. On n'a pas vraiment eu le temps de l'arranger.

Je ne répondis pas.

On avait tiré des rideaux autour d'un lit. Le médecin me jeta un dernier regard, puis il ouvrit les rideaux et dit :

— Je vous laisse.

Sean était couché sur le dos ; d'énormes hématomes couvraient son front. Des plaies zébraient son visage. Son pantalon était déchiré et son genou osseux saillait. Il portait un pull marin que je lui avais offert pour Noël. Il était sale.

Je me penchai au-dessus de lui et fus horrifié de voir mes larmes tomber sur son front. J'essayai de les essuyer. Puis je l'embrassai entre les yeux.

— Je bois plus, c'est super, non ?

Tu vis ta vie
faite de bonjours froids
et moi,
plus pauvre,
je vis pour rien, rien du tout.

Ann me convainquit de faire examiner ma main. J'eus droit à un plâtre neuf et à une engueulade. L'infirmière dit d'un ton sec :

— Arrêtez donc de vous casser les doigts.

C'était ce qu'on appelait aller droit au but. Ann voulut rentrer avec moi, mais je réussis à la convaincre que j'avais besoin d'être seul. Je dis :

— Je ne boirai pas.

— Oh, Jack.

— Je le dois à Sean.

— Tu te le dois à toi-même.

Que répondre à cela ? Je ne dis rien.

J'avais obtenu quelques antalgiques. Instructions strictes : deux par jour. Arrivé chez moi, j'en avalai trois. Très vite, je planai. Une sensation de détachement serein. Je me couchai avec un sourire hypocrite. Je ne sais pas de quoi je rêvai, mais ça me plaisait bien.

Je me réveillai à contrecœur en sentant qu'on me tirait par l'épaule. Sutton était penché au-dessus du lit, et il disait :

— Putain, mec, t'étais méchamment parti.

— Sutton, qu'est-ce que... Comment tu es entré, nom de Dieu ?

Même dans l'obscurité, je distinguais son sourire.

— Tu me connais, Jack. Je peux entrer où je veux. Tiens, je nous ai fait du café.

Je me redressai et il me tendit une tasse. Je la portai à mes lèvres et sentis l'odeur du brandy. Je braillai :

— C'est quoi, ce truc ? Tu l'as corsé.

— Juste pour supporter le choc. Je suis tellement triste à cause de Sean.

Je repoussai la tasse, me levai et enfilai mon jean. Sutton dit :

— J'attends à côté.

Dans la salle de bains, je m'observai dans le miroir. Mes pupilles ressemblaient à des têtes d'épingle. Je frémis en pensant : « Et si j'avais avalé du brandy par-dessus ça ? »

Je glissai la tête sous le robinet d'eau froide et la laissai couler à fond. Ce fut efficace, mon état comateux se dissipa. Je rejoignis Sutton et demandai :

— Tu l'as appris quand ?

— Y a pas longtemps. J'ai trouvé un endroit pour loger et je m'occupais du déménagement. Désolé, Jack, je serais venu plus tôt sinon.

— C'est où, ton logement ?

— Tu connais les collines au-dessus de la Sky Road ?

— Vaguement.

— Un Américain s'est acheté une sorte d'énorme entrepôt par là-bas. Mais il a pas supporté le climat. J'ai pris un bail d'un an. Tu veux t'installer avec moi ?

— Hein ? Non... je veux dire... non merci... Je suis un gars de la ville.

Je remarquai une bouteille en grès sur mon placard et demandai :

— C'est quoi, ça ?

— Oh ! c'est à moi. C'est du Genever, du gin hollandais. Je la remporterai en partant. Je voulais juste vérifier que tu allais bien. Je sais ce que représentait Sean pour toi.

— Ce qu'il représente !

— Oui, si tu veux.

On parla de Sean pendant un moment. Sutton dit :

— Tu l'aimais vraiment ce... Tu l'aimes, ce vieux bonhomme.

Puis il se leva et ajouta :

— Faut que j'y aille. S'il y a un truc que je peux faire, pas de problème... C'est noté ? Tu peux compter sur moi, mon pote.

Je hochai la tête.

Quelques minutes plus tard, je l'entendis démarrer. Je restai assis une demi-heure. La tête baissée, l'esprit presque vide. Lentement, je me retournai et mon regard fit le point sur la bouteille en grès. J'aurais juré qu'elle bougeait. Qu'elle avançait vers moi. Je dis à voix haute :

— Merci Seigneur, j'ai pas besoin de ça.

Je commençai à me demander ce que ça sentait. J'allai chercher la bouteille. Elle était lourde. Je dévissai le bouchon et reniflai. Je reposai la bouteille, sans le bouchon, et je dis :

— Laissons-le s'aérer... ou est-ce pour le vin ?

J'allai dans la cuisine, en me disant qu'un thé avec des tonnes de sucre me ferait du bien. Une voix tout au fond de mon esprit essayait de dire : « Tu es dans la zone. »

Je la fis taire. J'ouvris le placard, le verre Roches était là. Je dis :

— Pas question.

Et je le laissai s'écraser dans l'évier. Il ne se brisa pas et je dis :

— Tu es têtu, salopard.

Je pris un marteau et le réduisis en mille morceaux. Un éclat de verre m'entailla le sourcil gauche. Je lançai le marteau dans l'évier et retournai dans la pièce d'à côté. Je pris la bouteille de gin et bus au goulot.

« AU

SOMMET

DU

MONDE,

MAMAN ! »

James Cagney, *L'Enfer est à lui*

Afin de maintenir l'équilibre, je devrais parler de ma mère, avait dit Ann.

— Tu parles beaucoup de ton père. Je sais que tu penses à lui tout le temps, mais tu ne parles jamais de ta mère.

— C'est très bien comme ça.

Brutal.

Mon père plaçait Henry James très haut. Un choix improbable. Un homme qui bosse dans les trains dans l'Ouest de l'Irlande et qui lit un Américain venant d'un monde totalement différent. Il m'avait dit :

— James a l'air très raffiné et stylé, mais sous la surface se cache...

Il n'acheva pas sa phrase. Ce « se cache » était attirant pour un enfant mauvais.

Dans *Ce que savait Maisie*, l'enfant de neuf ans dit : « Je crois que ma mère ne m'aime pas beaucoup. »

Je *savais* que ma mère n'avait pas beaucoup d'affection pour qui que ce soit. Et surtout pas pour moi. Elle est ce qu'il y a de pire, une snob, et elle vient de Leitrim ! Rien ni personne n'était jamais à la hauteur. Même pas elle-même, sans doute. Tout au fond de moi, je pourrais comprendre que c'était une femme terriblement malheureuse, mais je m'en fiche complètement.

Remarques continuelles.

Pas juste des remarques, une spécialiste en démolition. Qui vous

Grignote
Grignote
Grignote.

Qui érode lentement la confiance et l'estime. Ses diatribes contre moi :

« Tu n'arriveras jamais à rien, comme ton père. »

« Ils sont tombés, les héros. »

Tout ça ! De Leitrim.

Pas étonnant que j'aie commencé à boire.

« Ton père est un petit homme, dans un petit uniforme, avec un petit boulot. »

Enfant, j'avais peur d'elle. Plus tard, je l'ai haïe. Vers les vingt ans, je la méprisais, et maintenant, je l'ignore.

Au cours de ces cinq dernières années, je l'avais peut-être vue deux fois. Deux désastres.

À un moment donné, elle est tombée sur le Valium, et pendant quelque temps, elle tombait tout court. Ça l'a fait taire. Ensuite, ce fut le vin tonique. Des tasses entières. Si bien qu'elle avait toujours des bourdonnements.

Elle adorait les prêtres.

Je mettrai ça sur sa pierre tombale. Ça en dit suffisamment long sur elle. Les bonnes sœurs aussi aiment les prêtres, mais c'est obligatoire. C'est dans leur contrat.

Ma mère traînait toujours dans son sillage un ecclésiastique docile. On racontait que, le plus souvent, c'était le père Malachy. Celui des cigarettes Major. Ma mère était également une grenouille de bénitier, une supportrice de la confrérie, une groupie de la neuvaine. Je l'avais vue porter un scapulaire *par-dessus* un chemisier. Une pure et dure.

À mes moments perdus, j'avais cherché les qualités qui rachetaient ses défauts.

Il n'y en avait aucune.

Plus tard, je devins exactement ce qu'il lui fallait. Un fils qui n'en faisait qu'à sa tête et qui l'avait aidée à atteindre le statut de martyr. Comment pouvait-elle perdre ? Après mon renvoi des *gardai*, elle exsudait la piété par tous les pores. Son refrain :

« Ne remets plus jamais les pieds chez moi. »

À l'enterrement de mon père, elle s'était comportée de manière scandaleuse. Évanouissement sur la tombe, gémissements dans la rue, une gigantesque couronne aux proportions vulgaires.

Ce genre-là.

Évidemment, elle avait sauté à pieds joints dans le veuvage et, depuis, elle portait du noir. Son assiduité à l'église a peut-être encore augmenté. Jamais une parole gentille durant toute la vie de mon père, et elle le faisait mentir dans sa tombe.

Il m'avait dit :

— Ta mère veut bien faire.

Non.

Ni en ce temps-là, ni jamais.

Les gens comme elle se nourrissent de la bonté des autres. Le credo « je veux bien faire » excuse tous les actes méprisables de leurs vies calculées. J'aime voir des photos de dictateurs, de tyrans, de seigneurs de la guerre. Quelque part à l'arrière-plan vous trouverez « Maman » avec un visage de pierre et des yeux de granit pur. Ils sont la banalité du mal dont parlent les gens sans la reconnaître généralement.

Sean m'avait toujours dit du bien d'elle, il avait essayé de changer mon attitude. Il disait :

« Elle t'aime, Jack. À sa façon. »

Elle restait en contact avec lui, je crois, pour pouvoir me surveiller. Je lui avais dit :

— Ne t'avise pas, *jamais*, de lui parler de moi... jamais.

— Jack, c'est ta mère.

— Je suis sérieux, Sean.
— Bah, tu dis ça...
Après avoir bu le gin, je plongeai en chute libre. Je ne me souviens de rien jusqu'à ce que je reprenne connaissance chez ma mère.

NON
…
À LA
BÉNÉDICTION

J'ouvris les yeux. Je m'attendais à voir des entraves ou une cellule de prison, ou les deux. Je me sentais plus que mal en point. J'étais dans un lit, frais, propre. J'essayai de me redresser et mon cœur fut frappé d'effroi. Une silhouette vêtue de noir était assise à l'extrémité du lit. Je dus pousser un cri strident, car la silhouette parla :

— Du calme, Jack, tu ne crains rien.

Je parvins à faire le point et je demandai :

— Père Malachy ?

— Exact.

— Hein ? Mais comment ?

— Tu es chez ta mère.

— Oh, bon Dieu !

— Ne blasphème pas le nom du Seigneur.

Ma tête s'ouvrait en deux, mais il fallait que je sache.

— Vous habitez ici ?

— Ne sois pas idiot. Ta mère m'a appelé.

— Merde !

— Surveille ton langage, mon garçon. Je ne tolérerai aucun juron.

— Faites-moi un procès.

Je remarquai que je portais un pyjama, vieux et confortable, lavé une centaine de fois.

— Oh, la vache, je crois que c'est à mon père.

— Qu'il repose en paix. Mais je crains qu'il se retourne dans sa tombe à cause de tes frasques.

Je parvins à m'asseoir au bord du lit et je demandai :

— Il serait possible d'avoir du thé ?

Il secoua la tête tristement. Je demandai :

— Hein ? Le thé n'est pas de votre ressort ?

— Tu offrais un drôle de spectacle, tu sais. Tu insultais ta mère. Le temps que j'arrive, tu avais perdu connaissance.

J'essayais de rassembler mon esprit brisé en mille morceaux. Je réussis à me souvenir que c'était vendredi soir que j'avais bu. J'inspirai à fond et je demandai :

— On est quel jour ?

Il me regarda presque avec pitié et demanda :

— Tu n'en as vraiment aucune idée ?

— Si, bien sûr, je pose la question juste pour le plaisir.

— On est mercredi.

J'enfouis ma tête dans mes mains. J'allais avoir besoin d'un traitement et vite. Malachy dit :

— Sean a été enterré hier.

— J'y étais ?

— Non.

J'avais terriblement envie de vomir et de continuer pendant une semaine. Malachy ajouta :

— Le fils de Sean, William je crois, est revenu d'Angleterre. Il va reprendre le pub. Il a l'air d'un garçon sensé.

Malachy se leva, regarda sa montre et dit :

— J'ai une messe. Je compte sur toi pour t'excuser auprès de ta mère.

— Vous ne fumez pas. Vous avez arrêté ?

— Dieu n'a pas jugé bon de me soulager de ce fardeau, pour l'instant. Mais je n'oserais jamais fumer dans la maison de ta mère.

— La faute à Dieu, hein ?

— Je n'ai pas dit ça.

— Pourquoi ? Moi, je rejette toujours la faute sur Lui.

— Et regarde-toi. Pas étonnant.

Sur ce, il s'en alla. Mes vêtements étaient
Lavés
Repassés
Pliés
au pied du lit.

Je les enfilai péniblement. Il me fallut un certain temps à cause des vagues de nausée qui me submergeaient. J'inspirai à fond et je descendis. Elle était dans la cuisine, en train de faire des trucs de cuisine. Je dis :

— Salut.

Elle se retourna vers moi. Ma mère possède de beaux traits puissants, mais ils sont mal agencés. Ils renforcent son aspect sévère. Si, à quarante ans, on a le visage qu'on mérite, elle a décroché le jackpot. De profondes rides sur le front et de chaque côté du nez. Ses cheveux sont gris et tirés en arrière en un chignon impossible. Mais les yeux en disaient suffisamment long : un marron foncé direct et inflexible. Quoi qu'ils puissent dire, « pas de prisonniers » était le message dominant. Elle dit :

— Ah ! tu es levé.

— Oui... Je suis... désolé... pour... le dérangement, enfin tu vois...

Elle soupira. C'était ce qu'elle faisait de mieux. Elle aurait pu soupirer pour toute l'Irlande.

— Oh ! je suis habituée.

Je dus m'asseoir. Elle demanda :

— Tu attends quelque chose ?

— Hein.

— Un petit déjeuner.

— Oh ! j'aimerais bien un thé.

Pendant qu'elle remplissait la bouilloire, je regardai autour de moi. Sur sa gauche, j'avisai une bouteille de Buckfast. Ça ferait l'affaire. Je dis :

— On sonne à la porte.

— Hein ?

— On a sonné deux fois.

— J'ai pas entendu.

— Tu pouvais pas entendre à cause de la bouilloire.

Elle y alla. Je me levai, fonçai vers la bouteille et m'en enfilai une grande lampée. Bon Dieu, c'était brutal. Je pensai : « Des gens achètent volontairement cette merde ? »

Le moment de vérité : l'alcool allait-il rester ou ressortir ? Il frappa mon estomac comme de l'électrolyte. Je retournai m'asseoir et attendis. Ça commençait à se stabiliser, je sentais cet embrasement dans les tripes. Ma mère était de retour, avec le soupçon en toutes lettres sur son visage.

— Y avait personne.

— Oh !

Elle ressemblait à un gardien de prison qui sait qu'il y a eu une évasion, mais qui ne sait pas qui a fichu le camp. Je me levai et dis :

— Je crois que je prendrai pas de thé.

— J'ai mis l'eau à bouillir.

— Faut que j'y aille.

— Tu travailles toujours comme... euh...

Elle ne pouvait se résoudre à finir sa phrase.

— Oui.

— Et tu enquêtes sur le suicide d'une fille ?

— Comment tu le sais ?... Ah oui ! Le père Malachy.

— Toute la ville est au courant. Mais Dieu seul sait où tu trouves le temps entre deux beuveries.

Arrivé à la porte, je dis :

— Merci encore.

Elle posa les mains sur les hanches, comme si elle était prête à charger, et dit :

— Ce serait quand même un comble que tu puisses pas venir chez toi.

— Ça n'a jamais été chez moi.

KARMA

En descendant College Road, je pensai que j'aurais sans doute dû avoir une parole gentille. Quelques années plus tôt, j'avais lu un truc où un homme demandait :

> *Même quand je n'ai pas vu ma famille depuis longtemps, quelle que soit la distance que j'aie mise entre nous, comment se fait-il qu'ils arrivent toujours à me mettre en rogne ?*

Réponse :

> *C'est eux qui ont créé le point sensible.*

Au Fair Green, je fus pris d'une bouffée de vertige et je dus m'appuyer contre un mur. Deux femmes qui passaient firent un grand détour, l'une dit :

— Ivre, et il n'est même pas onze heures.

La sueur ruisselait sur mon visage. Une main se posa sur mon épaule. Je me sentais si mal que j'espérais que c'était une agression. Une voix :

— Tu es dans la détresse, mon ami.

Ce ton reconnaissable. C'était Padraig, le chef des poivrots. Il me prit le bras et dit :

— Il y a un banc là-bas, à l'écart de la foule qui rend fou.

Il m'entraîna. Je songeai que si ma mère m'observait,

comme toujours, elle ne serait pas vraiment surprise. On s'assit et Padraig dit :

— Tiens, goûte donc cette potion.

Je regardai la bouteille marron et il dit :

— Ça peut pas être pire que ce que tu as déjà ingurgité.

— Bien vu.

Je bus. Ça n'avait aucun goût, en fait. Je m'attendais à de l'alcool à brûler. Il dit :

— Tu t'attendais à de l'alcool à brûler.

Je hochai la tête.

— C'est une préparation que j'ai apprise dans l'armée britannique.

— Vous étiez dans l'armée ?

— Je sais pas. Certains jours, je jurerais que j'y suis encore.

Je commençais déjà à aller mieux, et je dis :

— C'est efficace.

— *Certainement*[1]. Les Britanniques comprennent le concept de soulagement. Hélas, ils ne savent pas toujours quand il s'applique.

Cela me dépassait, alors je ne dis rien. Il demanda :

— Pour paraphraser nos amis américains, tu t'es cuité ?

— Ooooh... m'est-ce déjà arrivé ?

— Pour une occasion spéciale ?

— Mon ami est mort.

— Ah ! condoléances.

— J'ai manqué son enterrement, et sans doute que j'ai foutu en rogne les rares amis qu'il possédait.

Un *garda* arriva, s'arrêta et aboya :

— Faut pas rester ici, c'est un lieu public.

Padraig s'était relevé avant que je puisse répondre.

— Oui, m'sieur l'agent, on s'en va.

Pendant qu'on s'éloignait, je dis à Padraig :

— Peigne-cul prétentieux.

1. En français dans le texte.

Padraig m'adressa un petit sourire :
— Il y a en toi une propension à la querelle.
— Je connais bien ces types. J'en étais un.
— Un peigne-cul ?
Je ris malgré moi.
— Oui, sans doute. Mais j'ai aussi été *garda*.
Surpris, il s'arrêta, me jaugea et dit :
— Voilà une chose que je n'aurais jamais conjecturée.
— C'était il y a longtemps.
— On sent quand même une certaine nostalgie. Peut-être que tu pourrais te rengager.
— Non, je crois pas. De nos jours, ils veulent que les candidats aient un certain niveau.
— Oui, mais un niveau de quoi ?
On était arrivés en haut de la place. Un groupe de poivrots rassemblé près des toilettes appela Padraig. Je dis :
— Avant que vous partiez, je peux vous demander un truc ?
— Assurément. Je ne peux te promettre une réponse franche, mais j'essaierai d'être convaincant.
— Croyez-vous au karma ?
Il posa un doigt sur ses lèvres, resta muet pendant une éternité, puis :
— Pour chaque action, il existe une réaction équivalente et opposée... oui, j'y crois.
— Alors, je suis foutu.

« Pour chaque humain, le défi c'est la création.
Créerez-vous avec respect,
ou avec négligence ? »

Gary Zukav, *The Seat of the Soul*

J'étais rentré chez moi avec seulement un pack de six. La potion de Padraig avait tenu et je réussis à me coucher sans autres dommages.

Je dormis jusqu'à l'aube. En revenant à moi, je n'étais pas dans le premier cercle de l'enfer. Je pus renoncer au traitement et avaler du café. Certes, je tremblais comme un dingue, mais c'était pas nouveau. Je rangeai le pack dans le frigo en espérant que je pourrais me rationner. Je pris une douche jusqu'à ce que la peau me démange et je taillai même ma barbe bien fournie. Je m'observai dans le miroir et fis :

— Pouah !

Le reflet montrait un visage tout abîmé.

J'appelai Ann. Elle décrocha à la première sonnerie.

— Oui ?

— Ann, c'est Jack.

— Oui ?

Glacial.

— Ann, je ne sais pas par quoi commencer.

— C'est inutile.

— Hein ?

— Je ne peux plus continuer. Je t'enverrai un chèque pour payer tes services. Je n'en ai plus besoin.

— Ann... je t'en supplie.

— Ton ami est au cimetière de Rahoon. Pas très loin de Sarah. Si tu es suffisamment sobre un jour pour y aller. Personnellement, ça m'étonnerait.

— Est-ce que je pourrais juste...

— Je ne veux rien entendre. Sois gentil de ne pas me rappeler.

Fin de la communication. J'enfilai mon costume, difficilement, et sortis. Devant la cathédrale, j'entendis qu'on criait mon nom. Un homme vint vers moi en courant.

— Je l'ai !

— Quoi ?

— La Poste. Je t'ai cité comme garant.

— Je croyais que tu ne voulais pas de ce boulot.

— Non, mais c'est chouette d'être choisi.

— Je m'en réjouis. Tu commences quand ?

— Quoi donc ?

— Le boulot.

Il me regarda comme si j'étais cinglé.

— Je le prends pas.

— Oh !

— Au fait, j'ai un cheval pour toi.

À ce stade, je m'attendais presque à le voir sortir de l'église avec un étalon. Il dit :

— Dans la course de 15 h 30 à Ayr. Rocket Man. Tu peux miser gros.

— Gros comment ?

— Le paquet. OK ?

— OK... merci.

— Merci à toi. J'ai toujours voulu être postier.

Je m'arrêtai chez Javas pour boire un café. La serveuse ne connaissait pas l'anglais, mais elle avait un sourire éblouissant. C'est équitable, pensai-je.

— Un double expresso.

Je le montrai sur le menu.

L'instant de vérité financière. Je sortis mon portefeuille et poussai le premier soupir de soulagement. Il n'était pas léger comme l'air. Je risquai un coup d'œil. Des billets... j'apercevais des billets. Je comptai lentement et de plus en plus lentement. Deux cents. Avant que je puisse me réjouir, une ombre me tomba dessus.

Un type costaud, familier à défaut d'être immédiatement reconnaissable. Il demanda :

— Je peux te parler ?

Je posai ma main gauche sur la table.

— Vas-y, casse-les encore une fois.

C'était le type de la société de surveillance, le gardien qui m'avait amoché la première fois. Il tira une chaise et dit :

— Je veux m'expliquer.

La serveuse m'apporta mon café et regarda le type, mais il la renvoya d'un geste. Je dis :

— Je suis curieux d'entendre ça.

Il se lança :

— Comme tu le sais, je suis flic. La sécurité, c'est un bon petit boulot, y a plein de gars qui font ça. Quand M. Ford m'a dit que tu faisais des histoires, j'ai filé un coup de main. Je savais pas ce qu'il était. Il est mort, tu le savais ?

— J'ai entendu ça.

— En vérité, c'était un pervers. Ma parole d'honneur, je peux pas encaisser ça. Après... après ce qu'on t'a fait... j'ai découvert que t'avais été flic. Si j'avais su... juré, jamais j'aurais fait ça.

— Qu'est-ce que tu veux, le pardon ?

Il baissa la tête.

— J'ai ressuscité par l'esprit.

— C'est chouette.

— Non, je t'assure. J'ai démissionné de la police et de cette boîte. À partir de maintenant, je vais accomplir l'œuvre de Dieu.

Je sirotai mon expresso. Amer comme une prière ignorée. Il dit :

— Il paraît que tu es toujours sur cette affaire, le suicide de cette jeune fille.

— Oui.

— Je veux t'aider. Pour me racheter.

Il sortit une feuille de papier.

— Voilà mon numéro de téléphone. J'ai gardé des contacts, si tu as besoin de quelque chose...

— J'aurai Dieu à mes côtés, c'est ça ?

Il se leva et dit :

— Je ne te demande pas de comprendre, mais Il nous aime.

— C'est réconfortant.

Il me tendit la main.

— Sans rancune.

J'ignorai sa main.

— Tire-toi.

Après son départ, je regardai le bout de papier. Son nom était écrit dessus

BRENDAN FLOOD

Avec un numéro de téléphone.

J'allais le balancer lorsque je me ravisai.

Je me rendis chez le fleuriste. C'était la fille qui m'avait vendu les roses. Elle dit :

— Je me souviens de vous.

— Tant mieux.

— Alors, ça a marché ?

— Quoi donc ?

— Les roses... pour votre fiancée ?

— Bonne question.

— Ah... c'est triste. Vous allez essayer encore une fois ?

— Non, pas vraiment.

— Oh !

— Il me faut une couronne.

Air horrifié.

— Elle est morte ?

— Non... c'est pour quelqu'un d'autre, un ami.

— Je suis désolée.

Un prêtre sans importance passa dans la rue. Il lança :

— Salut !

Il avait le visage le plus jovial que j'avais vu depuis longtemps. La fille me demanda :

— Vous savez qui c'est ?

— Un prêtre sans importance.

— C'est l'évêque.

— Vous me faites marcher !

J'étais stupéfait. Quand j'étais gosse, j'avais connu des évêques qui régnaient comme des seigneurs féodaux. Voir un ecclésiastique exalté marcher en sautillant dans la rue, dans un relatif anonymat, c'était une révélation.

La fille me dit que si je notais le nom et le reste, elle ferait livrer la couronne, et elle ajouta :

— Ça m'étonnerait que vous vouliez la transporter dans toute la ville.

Je caressai pendant un instant l'idée de débarquer chez les bookmakers avec la couronne, mais je renonçai. La fille m'observa d'un air posé et dit :

— Je parie que vous étiez bien quand vous étiez jeune.

« C'est une bonne année pour les roses. »

Elvis Costello

Harte était installé dans une rue perpendiculaire à Quay Street. Sa famille avait possédé des agences de bookmakers pendant trois générations. Puis les grosses boîtes anglaises avaient racheté les agences locales. Harte avait pris le pognon et il s'était réinstallé juste à côté. C'était pas souvent qu'on réussissait à entuber les rosbifs financièrement.

Je connaissais Tom Harte depuis longtemps. Quand j'entrai, il était penché au-dessus d'une pile de bulletins, enveloppé de fumée de cigarette.

— Jack Taylor, ça alors ! C'est une descente ?

— Je ne suis plus flic.

— Ils disent tous ça.

— Je viens pour parier.

Il écarta les bras pour englober les lieux, et il dit :

— Tu as frappé à la bonne porte.

Je lui donnai le nom et demandai la cote. Il consulta le télétexte.

— Trente-cinq contre un.

Je remplis un bulletin et glissai tout mon fric dessous. Il le lut et baissa la voix pour demander :

— Tu es sérieux ?

— Comme la mort.

Deux autres joueurs, en train d'étudier les lévriers, sentirent le changement d'atmosphère et tendirent l'oreille. Tom dit :

— Jack, je suis un book, mais tu es des nôtres. Il y a un crack dans cette course. Il va rentrer au bercail au galop.

— Peu importe.

— J'essaye de te rendre service.

— Tu prends mon pari ou non ?

Il me gratifia de ce haussement d'épaules qu'on apprend dans les écoles de bookmakers. Je dis :

— Bon, à la prochaine.

— C'est sûr.

Je vérifiai encore une fois le bulletin et ressortis. Un des parieurs me suivit et me lança :

— Jack !

Je m'arrêtai devant chez Kenny, le temps qu'il me rattrape. Il avait la pâleur du confinement des bookmakers. L'odeur de nicotine était envahissante. Les yeux avaient ce mélange de flagornerie et de sournoiserie qui s'acquiert après des années seulement. Il avait atteint son potentiel. Il m'adressa le demi-sourire des damnés et demanda :

— T'as un tuyau ?

— Je sais pas ce que ça vaut.

— Allez, Jack, j'ai besoin de me refaire.

— Rocket Man.

Il prit un air hébété. Comme si le cheval gagnant avait été disqualifié.

— Plaisante pas.

— Je plaisante pas.

— Ah ! va te faire foutre. Qu'est-ce qu'on peut attendre d'un flic ?

Près de l'école protestante, à un saut de catholique de Victoria Square, se trouve le Bailey's Hotel. Ça, c'est le vieux Galway. On construit des hôtels neufs sur tous les emplacements disponibles maintenant, mais le Bailey's semble avoir échappé à la ruée vers la prospérité. Il n'a pas été

vendu
relooké
réhabilité.

En fait, on le remarque à peine.

De nos jours, on n'entend plus parler de « représentants de commerce ». Mais si vous étiez obsédé à l'idée d'en trouver un, il serait au Bailey's. L'extérieur est en pur granit dégradé par les intempéries et la petite enseigne indique « OTEL ». Le H est resté dans les années cinquante, perdu dans les brumes des aspirations de Morris Minor.

Sur un coup de tête, j'entrai. La réception est coincée dans un coin. Une vieille femme feuilletait *Ireland's Own.* Je demandai :

— Madame Bailey ?

Elle leva la tête. Je lui donnais quatre-vingts ans, mais elle avait le regard vif. Elle dit :

— *Aye.*

— Je suis Jack Taylor, vous avez connu mon père.

Il lui fallut une minute, puis :
— Il travaillait dans les trains.
— Exact.
— Je l'aimais bien.
— Moi aussi.
— Pourquoi vous avez une barbe ?
— Ça donne un genre.
— Un genre idiot. Je peux faire quelque chose pour vous, jeune Taylor ?
— J'ai besoin d'une chambre... pour une longue durée.
— On n'est pas très chic.
— Moi non plus.
— Hmm... hmmm... il y a une chambre claire au troisième, elle est libre.
— Je la prends.
— Janet fait le ménage tous les jours, mais des fois, elle oublie.
— Pas de problème. Je vais vous payer...
C'étaient des paroles en l'air. Tout mon liquide était resté chez le bookmaker. Elle me demanda :
— Vous avez une carte de crédit ?
— Non.
— Tant mieux, car on ne la prend pas. Vous me paierez le dernier vendredi du mois.
— Merci. Je pourrai emménager quand ?
— Je vais demander à Janet d'aérer et de mettre une bouillotte. Ensuite, c'est quand vous voulez.
— Je vous suis très reconnaissant, madame Bailey.
— Appelez-moi Nora. C'est juste une chambre, mais j'espère que vous vous sentirez chez vous.
C'était déjà le cas.

TIRÉ DES : *Quatre accords toltèques*
de
Don Miguel Ruiz

NUMÉRO 2 : *« Ne vous sentez jamais visé.*
Ce que font les autres n'est jamais à cause de vous.
Cela reflète simplement les manifestations
de leur propre vie
et la formation qu'ils ont reçue enfant. »

« ... tu peux toujours rêver. »

Jack Taylor

Ce soir-là, je fis mes bagages. Ce fut rapide. Ponctué par le pack de six. Je me disais :

« Mollo avec ça, peut-être que je pourrai me relaxer. »

Comme tous les mensonges et les meilleures illusions, cela m'aida à tenir pendant un certain temps. J'alignai quatre sacs-poubelles noirs contre le mur.

Le téléphone sonna. Je décrochai, en espérant que c'était Ann.

— Allô ?

— Jack, c'est Cathy B.

— Ah !

— Très chaleureux.

— Désolé, je suis dans les cartons. Je déménage demain.

— Tu t'installes avec ta vieille ?

Signe de mon âge. Je croyais qu'elle voulait parler de ma mère.

— Quoi ?

— Tu lui plais bien, Jack. Au concert, elle te quittait pas des yeux.

— Ann ! Mon Dieu, non... Je m'installe à l'hôtel.

— C'est une drôle de ville, mon pote. Quel hôtel ?

— Le Bailey's.

— Jamais entendu parler.

Tant mieux, ça voulait dire que c'était toujours un truc de Galway.

— Mon ami Sean est mort.

— Le vieux bonhomme qui tenait le pub ?

— Ouais.

— Désolée. Je l'aimais bien, je crois. Hé, je peux trouver une camionnette, pour t'aider à déménager.

— Non, un taxi fera l'affaire.

— OK. Tu es libre vendredi prochain ?

— À moins qu'ils m'arrêtent.

— Je me marie.

— Tu plaisantes... avec qui ?

— Everett, un *performer.*

— Je vais faire comme si je comprenais ce que ça veut dire. Ouah... félicitations... Je crois... Depuis combien de temps vous sortez ensemble ?

— Sortir ensemble ? Faut vivre avec ton siècle, Jack. Je suis avec lui depuis... genre... un bail.

Je devais tenir compte du fait qu'elle était anglaise et qu'ils avaient perdu la maîtrise du langage, et je demandai :

— Combien de temps ?

— Presque trois semaines.

— Ouah ! Comment tu peux tenir le coup ?

— Tu veux bien me conduire à l'autel ? Vu que... tu es le seul vieux que je connaisse.

— Merci... entendu, j'en serai ravi.

L'heure des chevaux.

J'allumai la télé, je branchai le télétexte. Étais-je nerveux ? J'essuyai un peu de sueur sur mon front. OK... c'était la bière. C'est parti... les résultats... Je les fis défiler. Au début, je le voyais pas... merde... peut-être qu'il n'avait pas couru. Allez... allez...

Oh ! putain.

Gagné !

Il avait terminé avec une cote d'enfer. J'exécutai une petite danse, puis je boxai le vide en hurlant :

J'embrassai l'écran.

— Ah ! ma petite beauté.

Je fis quelques calculs rapides le cœur battant. Sept mille livres. Je sortis le bulletin pour vérifier qu'il n'y avait pas d'erreur. Non, tout était clair. On frappa à la porte.

J'allai ouvrir. Linda. Je dis :

— Oui ?

— Jake, je déteste insister, mais j'aimerais savoir si vous avez pris vos dispositions.

— C'est fait.

— Oh ! formidable. Et c'est bien ?

— Qu'est-ce que ça peut vous faire ?

— Je ne veux pas qu'on se quitte en mauvais termes.

— Évidemment. C'est pas parce que vous me foutez dehors que ça va affecter notre amitié.

— Je m'en veux.

J'éclatai de rire.

— C'est une tragédie. Grands dieux, non, il ne faut pas vous en vouloir.

Et je claquai la porte.

Tout compte fait, ma dernière soirée était à marquer d'une pierre blanche.

« Dans les affaires graves
c'est
le style,
pas la sincérité,
la chose vitale.
La violence nécessite un style froid et mortel. »

Oscar Wilde

Le lendemain matin, je buvais mon café en vérifiant que tout était prêt pour le déménagement. J'avais mis les infos. Je les écoutais d'une oreille seulement, jusqu'aux nouvelles locales et

> *Le corps d'une jeune fille a été repêché près de la jetée Nimmo ce matin. Les* gardai *présents sur place ont essayé vainement de la ranimer. Cela porte à dix le nombre de suicides d'adolescents au même endroit depuis le début de l'année.*

Je dis :

— Il a recommencé.

Le téléphone sonna. C'était Ann, sans préambule, elle lâcha :

— Tu as écouté les infos ?

— Oui.

— Tu aurais pu empêcher ça.

Et elle raccrocha.

Si j'avais eu une bouteille, j'aurais replongé. J'appelai un taxi. Je sortis toutes mes affaires et attendis près du canal. En fermant la porte de l'appartement, je ne regardai pas derrière moi.

Le chauffeur de taxi était un gars de Dublin et une grande gueule. Je dis :

— Bailey's Hotel.

— C'est où, ça ?

Je lui indiquai le chemin et il répondit :

— Comment j'ai pu le louper ?

Je ne répondis pas. Il passa tout le trajet à m'expliquer ce qui n'allait pas à la GAA [1]. Je répondis par des grognements appropriés. Arrivé devant l'hôtel, il le jaugea d'un coup d'œil.

— La vache, ça paie pas de mine.

— C'est comme avec la GAA... faut être à l'intérieur.

Mme Bailey était à la réception, elle demanda :

— Vous avez besoin d'un porteur ?

Je secouai la tête. Elle ajouta :

— Janet vous a fait une jolie chambre.

Elle me tendit un jeu de clés.

— Vous pouvez entrer et sortir à votre guise.

Que demander de plus ?

J'avais imaginé que Janet était une jeune fille. En fait, elle était peut-être même plus vieille que Mme Bailey. Elle attendait devant ma chambre et elle me serra la main, carrément, en disant :

— C'est formidable que vous soyez de Galway.

La chambre était claire, spacieuse, avec de grandes fenêtres. Il y avait un vase avec des fleurs sur la table. Janet m'avait suivi à l'intérieur et elle dit :

— C'est pour vous souhaiter la bienvenue.

Une salle de bains avec une baignoire imposante et des hectares de serviettes propres. À côté du lit à deux places, il y avait une cafetière et un paquet du meilleur café de chez Bewley. Je dis :

— Vous vous êtes donné du mal.

— Aahh, c'est rien du tout. On n'a pas eu de client au mois depuis que M. Waite est décédé.

1. GAA : Gaelic Atheltic Association. Organisation sportive irlandaise destinée à préserver les sports nationaux.

— C'était quand ?
— Il y a vingt ans.
— J'en ferai autant.
Elle m'adressa un large sourire. Venu du cœur. Un sourire que n'ont jamais terni la fourberie ou la rancune. Elle regarda dans le couloir, comme si quelqu'un risquait de l'entendre, et elle dit :
— Le samedi soir, il y a bal.
— C'est vrai ?
Son visage s'illumina, comme une bonne sœur devant du chocolat, et elle dit :
— C'est jamais affiché. Les Swingtime Aces, vous connaissez ?
Je ne connaissais pas et je dis :
— Oui. Super groupe.
— Oh ! ils sont *fabuleux*. Ils jouent des fox-trot et des tangos, c'est entraînant. Vous dansez ?
— Si vous me voyiez danser la rumba...
Elle faillit pousser un petit couinement de joie, et je dis :
— Gardez-moi la dernière danse.
J'aurais juré la voir sortir en sautillant. Il y avait un téléphone, une télé, un magnétoscope. Tout ce qu'il faut. Je décidai de ne pas défaire mes affaires. Je descendis l'escalier et me retrouvai dans la rue aussitôt. J'avais tellement envie d'un verre que je sentais le goût sur ma langue.

L'agence de bookmakers était vide. Il n'y avait que Harte derrière le comptoir. Sans lever la tête, il dit :

— Tu m'as ruiné.

— Tu ne t'es pas couvert ?

— Si, évidemment.

— Tu as misé toi aussi ?

— Bien sûr.

— Alors, c'est quoi ton problème ?

— Je me suis laissé aveugler.

— Comme tout le monde.

— Tu acceptes un chèque ?

— Jamais de la vie.

— C'est bien ce que je pensais, tiens.

Il jeta une enveloppe bien remplie sur le comptoir.

— Tu peux compter.

Ce que je fis.

Alors que je sortais, Harte me lança :

— Jack !

— Ouais ?

— Ne reviens pas.

« “La vache, dit Carella,
quelle journée !” »

Ed McBain, *Soupe aux poulets*

En entrant au Grogan's, je ressentis affreusement la mort de Sean. Le pub semblait différent à présent, il *était* différent. Les deux plantes vivaces du comptoir n'étaient plus là. Un type costaud et obèse sortit de la réserve. Je lui demandai :

— Où sont passées les sentinelles ?

— Pardon, m'sieur ?

Un Anglais.

— Deux vieux types, ils soutenaient le bar du matin au soir.

— Je les ai virés. C'était mauvais pour le commerce.

— Vous êtes le fils de Sean ?

Il m'observa attentivement, avec une pointe d'hostilité.

— Qui pose la question ?

— J'étais son ami. Jack Taylor.

Je tendis la main. Il l'ignora et demanda :

— Je vous ai vu à l'enterrement ?

— Je... euh... j'ai pas pu y aller.

— Tu parles d'un ami.

Il m'avait pas loupé.

Il passa derrière le comptoir et s'affaira avec des trucs de barman. Je demandai :

— Je peux boire un verre ?

— Je crois que c'est pas un endroit pour vous.

Je restai planté là et il demanda :
— Vous vouliez autre chose ?
— Je comprends maintenant pourquoi Sean m'a jamais parlé de vous.
Il m'adressa un petit sourire narquois, alors j'ajoutai :
— Il devait avoir honte.
En ressortant, je ressentais un mélange de rage et de tristesse, un cocktail dangereux. J'avais envie d'y retourner pour écrabouiller ce sale petit prétentieux. Deux Américains s'arrêtèrent, regardèrent le pub et demandèrent :
— C'est un vrai pub authentique ?
— Non, c'est bidon. Allez plutôt au Garavan's, ça c'est du vrai.
Chez le marchand de spiritueux, je fis le plein. Le vendeur dit :
— Sacrée fiesta !
— Sacré bordel.
Le temps que je revienne à l'hôtel, ça commençait à peser. Pour me punir, je pris l'escalier. En ouvrant la porte de ma nouvelle chambre, je pensai :
— Dans deux secondes, je bois un coup.
La télé était allumée. J'entrai, Sutton était dans le fauteuil, les pieds sur le lit. Je faillis lâcher l'alcool. Il dit :
— Il passe des merdes, le matin.
Il éteignit la télé.
J'essayai de retrouver mon sang-froid et je demandai :
— Comment es-tu entré dans ma chambre ?
— Janet m'a ouvert, je lui ai dit qu'on était frères. Tu savais qu'il y avait un bal ici ?
Je fis le tour du fauteuil et il me demanda :
— Qu'est-ce qu'il y a dans ce sac, mec ?
— Comment tu as su que j'étais ici ?
— Je t'ai suivi. Fais gaffe à pas te faire virer encore une fois.
— Tu m'as suivi ! Pour qui tu te prends ?
Il se leva, les mains tendues dans une parodie de défense.
— Ah ! tu as remis ça.

— Comme si tu le savais pas, comme si tu avais « oublié » le gin l'autre soir.

Je pris conscience de mon ton. La ville des lamentations. Comme si c'était sa faute. Je lui lançai une boîte de bière.

— Arrête de me suivre... OK ?

— OK, d'acc'.

On but en silence, jusqu'à ce qu'il dise :

— Je suis allé à l'enterrement.

— Je peux pas en dire autant.

— J'aimais bien ce vieux salopard. Fougueux, ce petit enfoiré.

— Son fils a repris le pub.

— Ouah ! Il est comment ?

— Il m'a foutu dehors.

Sutton éclata de rire et je dis :

— Je te remercie.

Très vite, on ouvrit la bouteille de scotch et il dit :

— Planter a remis ça.

— Peut-être pas, peut-être que c'est un suicide.

— Allons, Jack. Tu peux pas croire ça. On l'accuse et juste après, il bute une autre fille. C'est pour nous dire : « Je vous emmerde ».

— On peut rien prouver.

— Tu veux laisser couler ?

— Qu'est-ce que je peux faire ?

— Tu pourrais le flinguer.

Je dévisageai Sutton. Rien n'indiquait qu'il plaisantait.

Le lendemain matin, j'étais mal en point, mais pas lessivé. Je m'étais couché à l'heure du déjeuner la veille, et miraculeusement, j'étais resté au lit. Je souffrais, mais c'était supportable. Penché au-dessus de mon café, je marmonnais. On frappa à la porte. Janet. Elle dit :

— Oh ! désolée. Je repasserai plus tard.

— Accordez-moi dix minutes et je sors.

Elle resta plantée sur le seuil et j'aboyai :

— Autre chose ?

— Votre frère... j'espère que j'ai bien fait.

— Pas de problème.

— C'est un homme charmant. Il m'a promis un tableau.

— C'est tout lui, ça.

— Bon, je vous laisse tranquille.

Je comptai mes gains. J'étalai les billets sur le lit et je m'émerveillai. Puis je pris des enveloppes et mis de côté une part pour le type qui m'avait filé le tuyau. Ensuite, une part pour Padraig, le chef des poivrots. Une enveloppe pour le cadeau de mariage de Cathy B, et voilà.

Le moment était venu de rendre visite à Sean. Je pouvais prendre un bus, mais je décidai d'essayer de marcher malgré la gueule de bois. Sacrée randonnée. D'Eyre Square à Woodquay, en prenant la Dyke Road, puis le Quincenntenial Bridge. Et direction Rahoon ensuite. Je me souviens des anciennes grilles du cimetière. Elles ont disparu. Une photo, prise par Ann Kennedy, était accrochée chez Kenny, avec des vers de Joyce.

Mes jambes m'élançaient au rythme de ma tête. Je n'avais pas l'intention d'aller sur la tombe de mon père. À vrai dire, j'avais honte. Je ne voulais pas débarquer avec mes frasques des semaines précédentes.

Je trouvai la tombe de Sean sans problème. Elle était illuminée de fleurs. La pierre tombale provisoire était la chanson des désespérés. Si j'avais porté une casquette, je l'aurais ôtée.

Je me signai. Certains rituels remontent à la surface sans qu'on les appelle. Je dis :

— Sean, tu me manques terriblement. Je te jugeais pas à

ta vraie valeur. J'ai recommencé à boire et je suis sûr que ça te fout en rogne. Je suis désolé d'avoir été la pire des choses : un mauvais ami. Maintenant, je n'ai même plus de pub. Je viendrai te voir souvent. Ton fils est un connard.

J'aurais peut-être pleuré si j'en avais été capable. En m'éloignant, je jetai un coup d'œil en direction de mon père. Une femme était agenouillée. Pendant un moment délirant et magnifique, je crus que c'était Ann. La pure joie exaltante.

Ma mère. Tête baissée, égrenant son chapelet. Je me raclai la gorge. Elle leva la tête et dit :

— Jack.

Je tendis la main pour l'aider à se relever. Je ne pus m'empêcher de remarquer combien elle était frêle. Les articulations de sa main, gonflées par l'arthrite. Évidemment, elle portait la tenue noire réglementaire. Je dis :

— Je savais pas que tu venais.

— Il y a un tas de choses que tu ne sais pas, Jack.

— J'en suis sûr.

Elle regarda la tombe puis demanda :

— Si on allait boire un thé ?

— Hmmm...

— Je paierai. On pourrait prendre un taxi aussi. Aller au GBC... ils ont de délicieuses brioches.

Je secouai la tête. Elle ajouta :

— J'ai déposé un bouquet sur la tombe de Sean. Il va te manquer.

— Je ferai avec.

— Je demanderai une messe pour lui. Chez les augustiniens. Ça ne coûte qu'une livre là-bas.

Je faillis dire : « C'est ça, trouve le meilleur prix, sale radine. »

Mais je ravalai mes paroles. Elle dit :

— Il aimait cette église. Il assistait à la messe tous les matins.

— Écoute, je... je dois y aller.

Peut-être dit-elle « Au revoir, Jack », mais je ne l'entendis pas. Je sentais son regard en repartant. En franchissant les grilles, je pensai : « Mes deux parents sont ici maintenant. »

Les restes
des remerciements inexprimables.

Les jours suivants, j'exerçai un contrôle massif et parvins à maîtriser ma consommation d'alcool. Au niveau de l'envie. L'envie d'en boire des litres.

Mais je buvais deux pintes au déjeuner et je tenais jusqu'au soir, et là je m'envoyais lentement deux autres pintes avec des petits verres de Jameson.

Je savais combien cet équilibre était fragile. Un souffle de vent pouvait me faire replonger en enfer. Le bourdonnement suffisait à me maintenir légèrement en dehors de la réalité et je m'accrochais solidement.

J'avais croisé mon pourvoyeur de tuyau et je lui avais remis son enveloppe. Il était étonné et dit :

— Bon Dieu, je suis étonné.

— Tu m'as refilé l'info. C'est le moins que je puisse faire. Tu as misé dessus, toi aussi ?

— Sur quoi ?

— Rocket Man ! Le tuyau que tu m'as donné.

— Non. Je mise jamais sur les tuyaux.

Je sentais qu'il aurait réalisé des prouesses à la poste. Aucune trace de Padraig, j'avais pourtant fait le tour de ses repaires.

Je téléphonai à Ann, je sentais que si je pouvais la voir, on pourrait peut-être avoir une chance. Dès qu'elle entendit ma voix, elle raccrocha. Ma barbe était fournie, avec des taches grises. Je me disais que ça donnait du caractère, et même de la maturité. Mais quand je croisais mon reflet, je voyais le visage du désespoir.

Mon plan, comme je l'ai dit au début, c'était d'aller à Londres, de me trouver un endroit près du parc et d'attendre. Maintenant, j'avais de l'argent et une raison d'attendre. Je commençai à éplucher les journaux anglais pour chercher un logement.

La seule chose qui me retenait, c'était le mystère de la mort de Sarah. J'étais convaincu que Planter était coupable. Je n'avais aucun moyen de le prouver, mais je ne pouvais pas partir sans avoir de réponse.

Je découvris un nouveau pub. Durant mes années de *garda* et même après, j'avais été banni de tous les pubs de la ville. Aujourd'hui, en même temps que la prospérité, de nouveaux pubs voyaient le jour. J'en essayai quelques-uns, véritablement horribles. Vous entriez et une jolie fille vous accueillait avec le grand jeu.

Le

« *bonjour, comment allez-vous ?* ».

Vous vous attendiez presque à ce qu'on vous demande votre signe astrologique. Quand vous entrez dans un de ces endroits avec une méga gueule de bois, la dernière chose que vous vouliez trouver, c'est de l'enthousiasme. Les gueules de bois ne supportent que l'air renfrogné.

Je tombai sur Nestor's par hasard. Je descendais Forster Street quand une averse éclata. Le genre de pluie qui vous en veut. Vous êtes trempé instantanément. Je pénétrai dans une rue perpendiculaire et il était là. Je sus que j'avais trouvé ce que je cherchais en voyant l'écriteau sur la vitre :

ON NE VEND PAS DE BUDWEISER LIGHT

J'entrai et n'en crus pas mes yeux : une des sentinelles était appuyée sur le comptoir. Le type hocha la tête et demanda :

— Tu en as mis du temps.
— Où est l'autre gars ?
— Il a fait une crise cardiaque.
— Merde, comment il va ?
— Si ça t'arrivait, comment ça irait ?
— Exact. Je peux t'offrir un verre ?
Il me regarda comme si je lui avais fait des avances, et il demanda :
— Je serai obligé de t'en payer après ?
— Non.
— Tu me feras pas la conversation ?
— Tu peux compter sur moi.
— Alors, d'accord.
Le pub était vieux, on aurait dit une petite cuisine. Il pouvait contenir vingt personnes au maximum. Le barman avait une cinquantaine d'années. Il y a deux métiers qui exigent de l'âge

barman
et
barbier.

Il ne me connaissait pas. Quel avantage. Je commandai à boire et regardai autour de moi. Ces vieilles publicités émaillées pour Guinness, un type qui soulève une charrette et deux chevaux, avec ce slogan immortel :

GUINNESS IS GOOD FOR YOU

Authentique, jusqu'à la rouille. Ma préférée, c'est le pélican avec plein de pintes crémeuses dans le bec. Voilà un oiseau heureux. Il y avait aussi des publicités pour Woodbines et Sweet Afton. Avec même les vers de Robbie Burns. Le barman déclara :
— J'aime pas le changement.
— Je suis d'accord.
— Un type est entré l'autre jour, il voulait acheter les pubs.
— Tout est à vendre.

— Pas ici.

J'allai m'asseoir dans un coin. Table en bois, vieille chaise. La porte s'ouvrit, un fermier costaud entra et lança à la cantonade :

— On n'aura pas d'été.

Un endroit fait pour moi.

LE POIVROT

Mme Bailey dit :

— Vous avez du courrier !

— Hein ?

Elle me tendit une lettre. Je ne savais pas comment c'était possible. Je l'ouvris :

À Chara

Conformément aux termes de votre mise à pied, vous avez obligation de restituer toutes les affaires appartenant au gouvernement.

Voir l'article 59347A de « Uniforme et équipement ». Or il est venu à notre attention que vous aviez omis de rendre l'article 8234. Une veste tout temps d'agent de la circulation.

Nous comptons sur vous pour restituer cet article au plus vite.

Mise le meas,
B. Finnerton.

Je la roulai en boule. Mme Bailey demanda :

— Mauvaise nouvelle ?

— Toujours pareil.

— J'ai remarqué, monsieur Taylor, que vous ne preniez pas de petit déjeuner.

— Appelez-moi Jack. Non, je suis pas trop du matin.

Elle m'adressa un petit sourire. Je savais qu'elle ne m'appellerait jamais Jack. Aussi sûrement que l'article 8234 ne serait pas restitué au plus vite. Elle dit :

— Moi, je ne prends plus de petit déjeuner depuis le 4 août 1984.

— Oh.

— C'est le jour où mon mari est mort, qu'il repose en paix.

— Je vois.

Je ne voyais pas. Mais on s'en fout. Elle poursuivit :

— Ce jour-là, j'ai pris un gros petit déjeuner. C'était après les courses de chevaux, on avait beaucoup travaillé. On avait toute la clientèle de la ville en ce temps-là. Je m'en souviens très bien. J'avais pris

2 tranches de bacon
du black pudding
2 saucisses
du pain frit

et deux tasses de thé. Après, j'ai lu le *Irish Independent.*

Elle laissa échapper un ricanement nerveux.

— Oups ! Vous connaissez mes opinions maintenant. Bref, je suis montée pour appeler Tom. Il était mort. Pendant qu'il était mort, moi je m'empiffrais.

Je ne savais absolument pas quoi répondre. Parfois quand les gens vous révèlent quelque chose, ils ne veulent pas une réponse, juste un auditoire. Elle ajouta :

— Les saucisses me manquent. Celles de chez McCambridge. Elles sont spéciales.

Elle se ressaisit, remit en place son visage de patronne d'hôtel et dit :

— Est-ce que vous pourriez m'accorder quelques minutes de votre temps ? J'aimerais avoir votre avis sur quelque chose.

— Bien sûr, quand vous voulez.

— Formidable. Je ferme le bar vers onze heures. On pourrait boire un petit verre avant de se coucher.

Un bar ! Bon Dieu, juste sous mon nez.

Allez comprendre quelque chose.

Je dis :

— Avec plaisir.

— Que Dieu vous protège, monsieur Taylor.

Une fois dehors, je réfléchis à mes options. Je voulais retrouver Padraig. L'enveloppe qui lui était destinée creusait un trou brûlant dans ma poche. Avec mes enveloppes marron, j'avais l'impression d'être un petit gouvernement.

J'allai au Nestor's. La sentinelle était à son poste, mais je l'ignorai. Je sentais sa gratitude. Le type du bar hocha la tête et je demandai :

— Vous servez du café ?

Il brandit une tasse.

— Évidemment.

Je m'assis sur la chaise dure. Les journaux étaient étalés sur la table. Je pris l'*Independent.* Ne serait-ce que pour Mme Bailey.

La une était consacrée à un type qui s'était fait voler sa voiture neuve. Il vivait dans un quartier avec un fort taux de réfugiés. Plus tard, dans la même journée, un Roumain lui avait demandé de l'argent. Le type l'avait presque tabassé à mort. En fait, c'était un gamin du coin qui avait « emprunté » la voiture.

Le gars du bar m'apporta mon café et dit :

— Il a paumé sa bagnole, mais l'autre pauvre type a perdu son pays.

Je reposai le journal. Il dit :

— La nouvelle Irlande. Dans dix ans, je servirai des Roumano-Irlandais, des Africano-Irlandais.

Je me dis qu'il valait mieux jouer cartes sur table.

— C'est mieux que les rivalités de clocher à la con des années cinquante.

— Beaucoup mieux.

Dans Eyre Square, j'approchai d'une bande de clochards. La plupart étaient à moitié comateux et ils hochaient la tête au son d'un orchestre fantôme. J'avais entendu cette musique moi aussi, de mon temps. Je demandai :

— Quelqu'un a vu Padraig ?

Un type avec un sweat-shirt Boyzone et un accent de Glasgow répondit :

— Qu'esse tu lui veux, mec ?

Grossièrement traduit, ça voulait dire :

— C'est pour quoi ?

— Je suis un ami.

Il s'entretint avec ses collègues. Une femme se leva au milieu du groupe. Elle donnait une nouvelle dimension au mot « débraillée ».

— Il est à l'hôpital.

— Que s'est-il passé ?

— Le bus de Salthill lui est rentré dedans.

À l'entendre, on aurait dit que le bus l'avait visé. Le type de Glasgow demanda :

— C'est n'importe quoi ?

Je lui donnai un peu de monnaie. Cela provoqua un nouveau déluge de remerciements, de bénédictions et de postillons. Dieu sait que j'en avais besoin.

C'est plus tard seulement que je m'aperçus que la femme

avait un accent américain. Le groupe de poivrots était devenu international. Les Nations Unies du désespoir. Je feuilletai un vieux bouquin de Ross McDonald et dénichai cette pépite :

> *Elle avait des empreintes de pouce ternes sous les yeux. Peut-être avait-elle passé une nuit blanche. Les Américains ne vieillissaient pas, ils mouraient, et leurs yeux reflétaient cette connaissance coupable.*

Je pris la direction de l'hôpital. Avec un maximum d'appréhension.

Voilà donc la liste
dis-je enfin
plein de culot, plein
d'alcool,
laissez-moi la signer
d'un paraphe et la conclure
d'un baiser triste
juste un, évidemment.

En chemin, j'achetai

du tabac à rouler

du papier

3 paires de chaussettes en Thermolactyl.

Je me renseignai auprès d'un concierge. Aussi décourageant que l'exigeait son statut. Mais je finis par le convaincre. Aidé par l'argent. Il dit :

— Le vieux clodo. Il est dans le pavillon Saint-Joseph. Il a eu sa dernière dose d'alcool à brûler.

— Merci pour votre coopération.

— Hein ?

Je ne reconnus pas Padraig, et pas uniquement parce qu'ils l'avaient lavé : il avait rétréci.

— Comment ça va ? je demandai.

— Ils m'interdisent de fumer.

— Les salauds. Vous voulez que je vous en roule une ?

— Je te serai éternellement reconnaissant. Ils ne me portent pas dans leur cœur ici. Mes frères de la place prospèrent-ils ?

— Ils ont tous demandé de vos nouvelles.

Ils l'avaient déjà oublié. Il le savait. Il eut un sourire crispé. J'allumai la cigarette roulée main et la glissai dans sa bouche. Une quinte de toux et des gargouillements de poitrine le firent danser dans son lit. Il dit :

— J'en avais besoin. Ai-je appris ton nom ?

— Jack.

— Ça te va bien. Que ce soit aussi le nom de ma boisson préférée est la marque de l'ironie. Couché dans ce lit, sans nicotine et mourant d'envie de boire un coup, je songeais à Dieu. Je crois avoir entendu dire un jour qu'Il connaissait mon nom avant ma naissance. Tu as déjà réfléchi à ça ?

Je jetai un regard furtif dans la salle autour de nous. Les gens nous ignoraient ostensiblement. La nouvelle concernant le poivrot s'était répandue. Il se mit à trembler. Le chauffage était poussé à fond. Je sentais la sueur dans ma barbe. Une table roulante passa, poussée par un connard d'un certain âge nommé Rooney.

Un sale petit bonhomme rempli de venin. On racontait que mon père, le plus pacifique des hommes, lui avait flanqué une raclée. Il distribua du thé et des vieux biscuits morts à tout le monde, sauf à Padraig.

— Hé, hé, Rooney ! criai-je.

Il fit semblant de ne pas m'entendre et la table roulante accéléra lorsqu'il atteignit le couloir.

L'éclair froid d'une rage meurtrière.

Aveugle.

Je le rattrapai près du service des maladies coronariennes. Ses yeux fuyants me jetèrent un défi. Son badge d'intendant — « M. Rooney » — lui conférait un statut. Le regard disait :

« *Tu peux pas me toucher !* »

Je mesure plus d'un mètre quatre-vingts et je pèse dans les quatre-vingt-dix kilos. J'avais l'impression d'être multiplié par deux. Ma voix sortit de mes tripes.

— Tu vas aux Urgences ?

— Non. Je vais à..

Il se lança dans une litanie de saints qui représentaient les différents pavillons. Je dis :

— Tu vas aller aux Urgences dans cinq minutes, car je vais te casser le bras gauche !

— Qu'est-ce qui te prend, Taylor ? Je t'ai jamais rien fait. J'étais un bon copain de ton vieux.

— Tu vas revenir en arrière avec ton fourbi et tu vas *offrir* une tasse de thé à cet homme... et aussi un de tes biscuits moisis.

Il se dressa sur la pointe des pieds et dit :

— Aaaah, c'est un poivrot... qu'est-ce que tu t'en fous... il est quoi, pour toi ? Les gars comme lui, c'est pas du thé qu'ils veulent.

Je le regardai droit dans les yeux. Pour qu'il puisse voir ce que moi-même je refusais d'admettre. Il fit demi-tour avec sa table roulante et servit à Padraig son thé... et *deux* biscuits. J'eus même droit à une tasse moi aussi, et refusai les biscuits.

Après cela, Padraig dit :

— Je tiendrai pas le coup jusqu'aux courses.

— Peut-être que si.

— Non. J'aurais aimé porter ces chaussettes neuves. Est-ce que... est-ce que tu pourrais me les enfiler ? Je suis mal en point.

Sans aucun doute.

Les chaussettes étaient en Thermolactyl rouge. Sur le dessus, il y avait écrit... « Forme confort ». Ça faillit m'achever.

Je tirai la couverture, ses pieds étaient une horreur. Un romancier sérieux les qualifierait de

ratatinés
tordus
lacérés
et...
très vieux.

Les chaussettes de taille Medium étaient gigantesques sur lui. Il me regarda les regarder. Je demandai :

— Alors ?

— Extra. Je me sens mieux déjà. J'ai eu une paire d'Argyll dans le temps, ou peut-être que j'ai seulement rêvé d'en avoir une. Tu possèdes un don rare, mon ami.

— Ah bon ?

— Tu ne fourres pas ton nez dans les affaires des autres.

— Merci.

Piètre recommandation pour un détective privé. Il était temps de partir. Je dis :

— Je vous apporterai une goutte de « créature ».

Il m'adressa un sourire radieux.

— N'importe laquelle.

Il se pencha hors du lit, farfouilla dans un placard et en sortit quelques feuilles de papier en sale état.

— Lis ça, mon ami, mais pas maintenant. Tu sauras quand le moment est venu.

— C'est mystérieux.

— Sans mystère, on est foutus.

Question :	*« Que sais-tu sur l'argent ? »*
Jeune homme :	*« Pas grand-chose. »*
Réponse :	*« C'est comme ça qu'ils marquent le score »*

Bill James, *Gospel*

Dehors, devant l'hôpital, la déprime s'abattit. Un nuage de dépression qui suppliait : « Finissons-en maintenant. »

Dans le temps, le meilleur pub ouvert le matin se trouvait juste en face de l'hôpital. Il n'existait plus, évidemment. Maintenant, vous aviez The River Inn[1]. Je tentai le coup. Pas une trace de la rivière.

Une jeune femme tenait le bar, avec un badge :

SHONA

Elle m'adressa un sourire plein de dents couronnées. Je la détestais.

— Un Jameson avec de l'eau.

Je me disais qu'elle pouvait pas rater ça. En effet.

Bien qu'elle ait ajouté de la glace. Pire, elle resta plantée devant moi. Je demandai :

— Vous n'avez pas du fil dentaire qui vous appelle ?

J'allai m'asseoir près de la vitre et m'aperçus que j'avais oublié de donner son argent à Padraig. Une femme d'un certain âge passait de table en table pour distribuer des tracts. Elle en déposa un rapidement sur la mienne, sans

1. L'Auberge de la Rivière.

croiser mon regard. Shona avait dû la mettre au parfum sans aucun doute. Je lus :

Jusqu'à présent, leurs ancêtres et eux
ont été en révolte contre moi. Les fils
sont provocants et obstinés...

Ça me suffisait.

Mon regard se fixa sur un téléphone dans le coin et je dus réprimer une folle envie d'appeler Ann. Je mordis très fort dans un glaçon et j'attendis que l'impulsion retombe. Un mantra défilait dans ma tête, comme ceci :

J'ai de l'argent, beaucoup d'argent. Et tant que j'en ai,
je reste dans la partie
Et peu importe que je ne comprenne pas le jeu.
Le fric dit que je suis dedans.

Encore et encore, jusqu'à ce que le glaçon fonde dans le verre.

En arrivant à l'hôpital ce soir-là, j'avais une bouteille de Jack Daniel's pour Padraig. Son lit était vide. J'agrippai une infirmière qui passait et lui demandai :

— Il est parti ?

— J'en ai peur. À quatre heures trente, en douceur.

— Hein ?

— Il n'a pas souffert.

— Vous voulez dire qu'il est mort ?

— J'en ai peur... vous êtes un parent ?

J'essayai de faire fonctionner mes méninges et demandai :

— Qu'est-ce qu'il va devenir ?

Elle m'expliqua que si personne ne le « réclamait », les services de santé se chargeraient de l'enterrement.

— Dans une fosse commune ?

— On n'emploie plus ce terme. Il y a des emplacements réservés dans les cimetières.

— Je vais le réclamer.

Dans un état second, j'affrontai la comédie des formulaires et des certificats. J'appelai même une entreprise de pompes funèbres qui me dit qu'ils s'occuperaient de tout, et je demandai :

— Vous acceptez le liquide ?

— Oui.

Les funérailles de Padraig, l'enterrement, je m'en souviens vaguement. J'étais présent à tous les stades, mais complètement dans le coaltar. Évidemment, il n'y avait personne. Une cérémonie pour moi tout seul.

Il est enterré à côté de Sean. Je n'aurais pas pu prévoir mieux. Je me dis que Sutton a peut-être fait une apparition à un moment ou à un autre, mais sans doute est-ce un vœu pieux.

Ann n'est pas venue, en tout cas.

Quand tout fut terminé, je dus m'excuser auprès de Mme Bailey de lui avoir fait faux bond pour le dernier verre. Elle me regarda d'un drôle d'air et répondit :

— Mais on l'a bu, ce dernier verre.

Vide total. Pour essayer de me rattraper, je dis :

— Je ne vous ai pas beaucoup aidée, voilà ce que je voulais dire.

— Vous m'avez énormément aidée.

— Ah bon ?

— Évidemment. Après votre plaidoyer passionné, comment pourrais-je vendre ?

Certains mystères doivent le rester, Padraig avait bien raison. Finalement, je décidai de lire les feuilles qu'il m'avait données.

Voici ce qu'il avait écrit :

Un poivrot irlandais prévoit sa mort
(toutes mes excuses à W.B.)

Mettez ça sur le compte d'une intuition
Je n'avais pas fait comme si

et certainement
que je n'allais pas
croire
que je survivrais
à la vie dans la rue
du moins pas longtemps.
Le sabotage
de l'espoir
pendant trop longtemps
j'avais vécu
un verre au-dessus du désespoir
un pub
un corbillard
avant
que je voie un poivrot
poser la main
sur son cœur

J'avais connu
un gars
s'il avait avoué
lentement
très lentement
il aurait supprimé
les tremblements... sans tenir compte
... d'un silence respectueux

Le cortège passe... il continue... pour serrer
sa main... le jour d'en face
cet instant nouveau
passa presque au-delà
de la plus vieille attente
une main tendue vers
une réconciliation... non renouvelée

Le cercueil ne passe pas
devant les hôtels chics
leurs mains
tendues vers les restes d'alcool à brûler
n'ont pas de forme.

POINT DE RUPTURE

À partir de là, les choses se sont dégradées très rapidement. Je ne peux pas affirmer que la mort de Padraig fut un tournant, mais on dirait bien. Un soir au Nestor's, le barman me prit à part et dit :

— Je vous fais pas la morale, mais dans le temps, je picolais comme vous. C'est pas grave, mais je pense que vous avez un truc à régler.

— De quoi vous parlez ?

— Vous avez la tête d'un type qui a besoin d'être ailleurs. Alors, tenez.

Il me tendit une boîte. J'étais d'humeur très belliqueuse et je grognai :

— C'est quoi, ce truc ?

— Des bêtabloquants. Ça vous déstresse illico. Comme la coke, mais sans les dégâts.

— Qu'est-ce qui vous fait croire que...

Il me fit « chuuuuut » et dit :

— Essayez ça... et quand vous vous serez débarrassé de ce qui vous tracasse, revenez... et installez-vous dans une petite vie tranquille avec les journaux, quelques pintes et un pub sympa.

Sur ce, il s'en alla. Je dis :

— Il faut de l'aide, c'est sûr.

Je glissai quand même la boîte dans ma poche.

Figurez-vous que le lendemain matin, j'avais une gueule de bois colossale. En désespoir de cause, je pris un des cachets. Peu de temps après, j'étais encalminé.

En regardant par la fenêtre, ou plutôt en regardant calmement par la fenêtre, je dis :

— Ça veut pas dire que je vais arrêter de boire.

Mais si.

Le mariage de Cathy B. aurait dû être une énorme beuverie. Ce fut le cas, mais pas pour moi. Le bureau de l'état civil est dans Mervue, en face du Merlin Park Hospital. Je dis à Cathy :

— Tu n'aurais pas préféré une église ?

— Les ondes négatives, Jack.

Son promis, Everett, le *performer*, n'était pas aussi épouvantable que je le craignais. Un peu, mais supportable. Une vingtaine d'années avec le crâne rasé. Il portait ce qu'on appelle un caftan, je crois... ou des rideaux. Pour être honnête, il semblait fraîchement repassé. Pour l'occasion, je suppose. Cathy était superbe. Dans une robe rouge toute simple, avec des chaussures à talons hauts d'enfer. Elle me demanda :

— Qu'est-ce t'en penses ?

— La Femme en rouge.

Méga sourire. Quand elle me présenta à Everett, il dit :

— Ah !... le vieux.

J'essayai de donner l'impression de m'intéresser et je lui demandai :

— Ça marche... les performances ?

— Je me repose.

— Bien.

Fin de la conversation. Dieu m'est témoin que j'ai rencontré de plus gros connards. Lui, c'était simplement le plus jeune. Cathy me glissa :

— Il est très modeste. Il a un gros truc prévu bientôt avec Macnas[1].

— OK.

Je lui tendis l'enveloppe. Elle poussa un cri strident.

— Ça fait très *Le Parrain II*.

La cérémonie fut

brève

précise

froide.

Il faut une église.

Réception ensuite au Roisin. Des tonneaux d'alcool défilèrent. L'endroit était bourré d'artistes. Du genre de ceux qui repèrent à cinquante mètres que vous n'en êtes pas un. Mais l'orchestre était pas mal. Ils jouaient du bluegrass à la salsa en passant par la country-punk. Tout le monde sautait sur place. Une jeune femme en jean noir me demanda :

— Vous voulez danser ?

— Plus tard, peut-être.

Elle me jaugea d'un air glacial.

— Je crois que ce sera trop tard pour vous.

Je mis ça sur le compte de la barbe. Plusieurs fois, je traînai autour du bar, et faillis hurler :

— Un double Jameson et une pinte.

Mais je m'abstins. Cathy demanda :

— Tu bois rien ?

— Oh, si... mais...

— Pigé. Tu es plus agréable comme ça.

Au moment où je partais, elle me serra fort dans ses bras et dit :

— Tu es cool.

Everett m'adressa un signe de tête et dit :

— Tiens bon, mon pote.

Un principe de vie, sans aucun doute.

1. Société à vocation artistique et théâtrale fondée à Galway.

Je découvris le gros titre en remontant Dominick Street :

UN IMPORTANT HOMME D'AFFAIRES DISPARAÎT
RECHERCHÉ DANS L'ENQUÊTE
SUR LES SUICIDES D'ADOLESCENTES

J'achetai le journal et m'assis sur le pont pour lire. L'article disait :

Ancien garda, Brendan Flood s'est présenté à la police pour affirmer que M. Planter, éminent homme d'affaires, était lié à la mort d'un certain nombre d'adolescentes. Leurs décès avaient été qualifiés de suicides, mais à la lumière des révélations de M. Flood, les dossiers sont rouverts.

Le superintendant Clancy, dans une brève déclaration, a annoncé que M. Planter avait disparu de son domicile et qu'on ignorait où il se trouvait.

M. Flood a expliqué qu'il avait décidé d'avertir la police après s'être converti récemment au christianisme.

M. Flood a précisé qu'un autre ex-garda, Jack Taylor, avait joué « un rôle important » dans cette décision.

Je reposai le journal en pensant : « Enfin la gloire. »

Je poussai un soupir de quelque chose qui ressemblait à

du soulagement. Ainsi, c'était presque terminé. Ann allait obtenir ce qu'elle réclamait désespérément. Le monde entier saurait que sa fille ne s'était pas suicidée. En lisant cet article, on avait le sentiment que j'avais participé. À vrai dire, je m'étais emmêlé les pinceaux, j'avais fait des vagues sans aucune précaution et provoqué la mort de Ford.

Je balançai le journal.

De retour dans ma chambre, la soif s'empara de moi. La voix murmurait :

— Affaire bouclée, quasiment résolue, c'est l'heure du repos.

J'avalai mon bêtabloquant et me couchai.

« Clay resta là encore quelques minutes, en se contentant de secouer la tête, et en songeant à quel point c'était drôle. Une fois que vous avez merdé, c'est comme si vous ne pouviez plus ARRÊTER *de merder pour sauver votre peau. »*

George P. Pelecanos, *Suave comme l'éternité*

Le lendemain matin, de bonne heure, on frappa à ma porte. Pensant qu'il s'agissait de Janet, je dis :

— Entrez.

C'était Sutton. Il demanda :

— Qu'est-ce que t'as à boire ?

— Du café.

— Ah, merde, t'as encore arrêté de picoler.

— Que veux-tu que je te dise ?

Il s'assit dans le fauteuil, posa les pieds sur le lit. Je demandai :

— Tu es au courant pour Planter ?

— Évidemment. Je peux même t'apprendre mieux que ça.

— C'est-à-dire ?

— Je sais où il est.

— Tu plaisantes. Tu l'as dit aux flics ?

— Tu as été flic, et je te le dis à toi.

Je tendis la main vers le téléphone et il dit :

— C'est pas ce que tu crois.

— Je comprends pas.

— Je peux t'emmener le voir.

Il me fallut un petit moment, puis je demandai :

— Tu l'as *enlevé* ?

Il m'adressa son sourire et demanda :

— Alors, tu veux le voir ou pas ?

Je me dis que c'était la seule option.

— OK.

Il se leva d'un bond.

— En route !

C'était encore la voiture jaune. Il dit :

— On s'habitue à la couleur.

Au bout d'une demi-heure, je dis :

— Clifden ?... Tu l'as emmené à Clifden ?

— Je t'ai dit que j'avais trouvé cet entrepôt. Un truc immense. Je t'ai proposé de le partager.

— Alors... tu as kidnappé un locataire, c'est ça ?

Une partie de moi-même pensait qu'il s'agissait d'une plaisanterie complètement dingue, mais il fallait que je vérifie. Je demandai :

— Qu'est-ce que tu as fait de lui ?

— J'ai peint son portrait. Il m'a passé une commande, tu te souviens ?

Naturellement, il pleuvait quand on arriva à Clifden. Au milieu de la Sky Road, environ, il s'arrêta, se rangea sur une aire de stationnement et dit :

— C'est en haut de la colline..

Je levai la tête mais ne vis aucune maison. Il dit :

— C'est ça le truc, on voit rien de la route.

Je me piquai une suée dans la montée et glissai deux fois dans la boue. Derrière une hauteur, c'était là. Sutton dit :

— Il sera content d'avoir de la compagnie.

Le bâtiment peint d'un vert terne se fondait parfaitement dans le paysage. Une rangée de fenêtres étaient fermées par des volets. Sutton sortit une clé, ouvrit la porte et s'écria :

— C'est moi, chéri !

Il entra et cria de nouveau :

— Ah, putain !

Je le frôlai pour passer. Dans la pénombre je distinguai

un lit de camp. Et une silhouette qui se balançait au-dessus. Sutton alluma la lumière.

Planter était pendu à une poutre en bois, un drap enroulé autour du cou. Un appareil orthopédique, fixé à sa cheville, traînait près du lit. Je jetai un rapide coup d'œil à son visage... Bon Dieu, il avait souffert.

Un chevalet était installé à côté du lit, avec une toile en cours. Sutton dit :

— Ce salopard a choisi la solution de facilité.

Je regardai de nouveau le visage de Planter.

— Tu trouves ça facile... Nom de Dieu !

Sutton se dirigea vers un placard, en sortit une bouteille de scotch et demanda :

— T'en veux ?

Je fis non de la tête. Il but une grande gorgée qui lui coupa le souffle.

— Ouah... ça fait du bien.

Je m'approchai de lui et demandai :

— Tu l'as tué ?

Le whisky avait déjà atteint ses yeux, leur donnant un aspect fou. Il dit :

— T'es complètement malade, tu me prends pour qui ?

Je ne répondis pas. Il but une autre gorgée et je demandai :

— Et maintenant ?

— On le balance de la jetée Nimmo : justice immanente.

— Non, pas d'accord.

— Dans ce cas, va falloir enterrer ce connard.

Ce qu'on fit. Derrière la maison. La pluie était violente et pour creuser cette terre dure, il nous fallut plus de deux heures.

Finalement, ce fut terminé et je demandai :

— Est-ce qu'il faut quelques mots ?

— Oui, un truc artistique, vu qu'il aimait la peinture.

— Tu as une idée ?

— Pendu à Clifden.

Il était six heures du soir quand on rentra à Galway. J'étais trempé, sale et épuisé. Quand Sutton gara la voiture, il dit :

— Relaxe, mec. Il a avoué. Il filait du Rohypnol aux filles.

— Pourquoi les a-t-il noyées ?

— Pour le plaisir.

— Dieu du ciel.

Il semblait réfléchir à quelque chose et je dis :

— Quoi ?

— Il m'a parlé des filles. Enfin, on aurait dit qu'il *voulait* en parler. Mais...

— Mais quoi ?

— Il a dit que la fille Henderson... tu sais... Sarah...

— Eh bien, quoi ?

— Il l'a pas tuée... elle s'est suicidée.

— Enfoiré de menteur.

— Pourquoi il aurait menti ? Il a avoué pour les autres.

En descendant de voiture, je dis :

— Écoute... je crois que je préfère ne pas te voir pendant un petit moment.

— Pigé.

Il partit en brûlant de la gomme.

Quand la poussière retombe
il ne reste
que la poussière.

Les recherches pour retrouver Planter occupèrent la une des journaux pendant un certain temps. Après quelques semaines, ça se calma et il rejoignit Shergar et Lord Lucan dans l'espace des spéculations. Cathy B. partit en lune de miel dans le Kerry et resta absente un mois. Pas de nouvelles d'Ann.

Je ne bus pas.

Sutton m'appela une fois. Comme ça.

— Jack... salut, vieux, comment ça va ?

— Ça va.

— C'est pas un problème si je t'appelle, hein ?... On a des souvenirs tous les deux maintenant... pas vrai ?

— Si tu le dis.

— J'ai entendu dire que tu picolais toujours pas.

— Tu as bien entendu.

— Si jamais tu veux te lâcher, tu sais qui appeler.

— Oui.

— Hé, Jack, tu veux pas savoir ce que je deviens ?

— Si tu tiens à me le dire.

Un sourire narquois peut-il être audible ? Ça ressemblait à ça en tout cas. Il dit :

— Je peins, mec ! Voilà ce que fais.

— Bien.

— Allez, Jack, reste pas dans ton coin.

Fin de la communication.

AUTOPSIE

Corps d'un homme de race blanche
Environ 55 ans
Tatouage sur l'épaule gauche représentant un ange
Bien nourri
Poids : 90 kilos
Taille : 1 m 88
Cause du décès : ennui.

Je me disais que ça se passerait comme ça. Je voyais mon torse nu, blanc et flasque sur la table métallique.

J'entendais même le ton sec et détaché du légiste.

Voilà le genre de pensées que j'avais.

Il était temps de partir.

J'avais encore un joli paquet de pognon. J'allai dans une agence de voyages. Une femme d'un certain âge, avec un badge indiquant « JOAN », me dit :

— Je vous connais.

— Ah bon ?

— Vous flirtiez avec Ann Henderson.

— Vous avez raison de parler au passé.

« Allons, allons » fit-elle avec sa langue. Un bruit bizarre. Elle dit :

— Quel dommage, alors. C'est une fille formidable.

— Est-ce qu'on pourrait parler de voyages ?

Cela lui déplut, elle dit :

— Oh ! *excusez*. Que désirez-vous ?

— Un billet pour Londres.

— Date de départ ?

— Dans une dizaine de jours.

— Le retour vous coûtera... voyons voir...

— Joan... Je veux un aller simple.

Elle releva brusquement la tête.

— Vous ne reviendrez pas ?

Je la gratifiai de mon sourire mort. Elle dit :

— Libre à vous.

Quelques minutes plus tard, j'avais mon billet. Je demandai :

— Vous prenez le liquide ?

Elle le prenait, mais à contrecœur. En ressortant, je dis :

— Vous me manquerez, Joan.

En traversant la place, je jure que je vis Padraig près de la fontaine. Je me demandai :

— La sobriété est-elle encore ce qu'elle était ?

J'allai au Nestor's. La sentinelle était là et dit :

— On parle de toi dans le journal.

— Oh ! c'est de l'histoire ancienne.

Le barman sourit. J'avais appris entre-temps qu'il s'appelait Jeff. Malgré mes visites quotidiennes, je n'avais rien appris d'autre. J'estimais qu'il avait à peu près mon âge. Il était entouré par la même aura de perplexité et d'épreuves. Je croyais que ça pouvait expliquer la décontraction que j'éprouvais en sa compagnie.

Je pris ma chaise, il m'apporta du café et demanda :

— Je peux m'asseoir avec vous ?

J'étais stupéfait. Notre relation semblait s'être bâtie sur une amicale indifférence.

— Bien sûr.

— Alors, ça marche, les bêtas ?

— Je ne bois plus.

Il hocha la tête, sembla envisager certaines possibilités, puis :

— Vous voulez que je vous dise la vérité, ou alors je vous baratine ?

— Hein ?

— C'est du Tom Waits.

— La bouteille, ça le connaît, lui aussi.

Il passa ses mains dans ses cheveux et dit :

— Je suis pas très doué pour me faire des amis. Non pas que j'en souffre. Ma femme m'a quitté car elle disait que je me suffisais à moi-même.

Je ne savais pas du tout où ça nous menait. Mais je suis irlandais, je sais comment ca fonctionne. Le prêté pour un rendu verbal. On vous donne un détail personnel, vous répliquez par un autre. Morceau par morceau. Une amitié se construit... ou pas.

Une tapisserie de bavardage.

Je commençai par :

— J'ai pas beaucoup de chance avec mes amis. Deux d'entre eux ont été enterrés récemment. Je ne sais pas ce que je leur ai apporté, à part des couronnes bon marché sur leurs tombes. Plus une paire de chaussettes en Thermolactyl.

Il hocha et dit :

— Je vais chercher la cafetière.

Ce qu'il fit.

Recaféiné, précisa-t-il.

— Je sais deux ou trois trucs sur vous. Non pas que j'aie demandé. Mais je suis barman, j'entends des choses. Je sais que vous avez aidé à élucider cette histoire de suicides. Et que vous aviez été flic. On dit que vous êtes un dur à cuire.

Je répondis par un sourire contrit et il poursuivit :

— Moi... j'étais dans un groupe. « Metal », vous avez déjà entendu parler ?

— Heavy Metal ?

— Oui, aussi, mais « Metal » c'était le nom du groupe. On a cartonné en Allemagne, à la fin des années 1970. Bref, c'est comme ça que j'ai acheté ce pub.

— Vous jouez encore ?

— Mon Dieu, non. D'ailleurs, j'ai jamais joué. J'écrivais les paroles. Et croyez-moi, les paroles, c'est pas vital dans le hard-rock. J'ai deux passions : la poésie et les motos.

— C'est logique, dans un genre un peu alambiqué.

— Pas n'importe quelles motos. Uniquement les Harley. La mienne, c'est un custom softail.

Je hochai la tête comme si ce n'était pas rien. Ça voulait dire que dalle. Il continua :

— Seul problème, c'est l'enfer pour trouver des pièces. Et comme tous les pur-sang, ça casse souvent.

Nouveau hochement de tête, ça allait devenir une habitude.

Il s'était levé. À vrai dire, j'enviais son enthousiasme. Posséder une telle passion. Il dit :

— La poésie... Ça tombe jamais en panne. Là-haut, j'ai tous les géants... vous savez lesquels ?

Merde alors, je pouvais jouer la sécurité, et je répondis :

Yeats
Wordsworth.

Il secoua la tête et dit :

Rilke
Lowell
Baudelaire
MacNiece.

Il me regarda droit dans les yeux et dit :

— Il y a un sens dans tout cela, et Dieu sait que je finirai par y arriver.

Il me tendit un paquet de feuilles.

— Il y a des poètes parmi nous. Ce sont des trucs écrits par des gens d'ici, de Galway. Celui de Fred Johnston... j'ai pensé que ça vous aiderait, avec les décès que vous avez connus.

— Merci beaucoup.

— Ne les lisez pas maintenant. Choisissez un moment tranquille et voyez ce que ça donne.

Sur ce, il repartit faire des trucs de barman. La sentinelle dit :

— On parle de toi dans le journal.

J'espérais que ça n'allait pas devenir son mantra.

« Il pouvait dire que c'était injuste, mais il l'avait déjà dit un million de fois dans sa vie. Bien qu'elle soit vraie, cette idée comptait beaucoup moins qu'elle aurait dû. »

T. Jefferson Parker, *Coup de blues*

On eut droit à une semaine de temps magnifique. Du soleil du matin jusqu'en fin de soirée. La ville perdit la tête. On abandonna le travail et la foule sortit pour profiter des rayons. Totalement oubliée, la peur du cancer de la peau.

Des marchands de glaces à tous les coins de rue. Des buveurs de bière en vêtements criards. Pis encore, des hommes en short ! Avec des chaussettes et des sandales. Une des véritables visions d'horreur de la nouvelle ère.

Je ne me mets pas au soleil.

Je me réjouis de l'absence de pluie ; au-delà, c'est de l'abus. Je me méfie. Ça vous fait languir. De choses qui ne peuvent pas durer.

J'étais assis à l'ombre dans Eyre Square. J'observais les filles, déjà rouges, avant les cloques. J'entendis mon nom... et je vis le père Malachy. En civil : pantalon de toile et tee-shirt blanc. Je demandai :

— C'est votre jour de repos ?

— Terrible, cette chaleur, hein ?

Évidemment, terrible est un mot à double tranchant. Terrible dans le sens de bon ou dans le sens de mauvais. On ne pose jamais la question. On est censé savoir.

Je ne posai pas la question. Il dit :

— Tu n'es pas facile à trouver.

— Ça dépend qui me cherche.

— Je suis allé à la plage, hier. Jésus Marie, c'était bondé. C'était agréable de nager. Tu sais qui j'ai vu ?

— Malachy, je peux dire sans prendre de risque que je n'en ai aucune idée.

— Ton ami... Sutton.

— Ah, oui ?

— Un type bourru.

— Il n'aime pas les prêtres.

— C'est un gars du Nord ! Je me suis arrêté pour le saluer, et je lui ai demandé s'il avait fait trempette.

Je ris malgré moi. Malachy enchaîna :

— Il m'a répondu qu'il ne savait pas nager, tu y crois ?

Une femme passa et dit :

— Que Dieu vous garde, mon père.

Il dit :

— Je dois te laisser, j'ai rendez-vous sur le parcours de golf dans une heure.

— Mince alors, le Seigneur est très exigeant.

Il m'adressa le regard ecclésiastique et dit :

— Jack, tu n'as jamais eu le moindre respect.

— Oh, si ! Simplement, je ne vénère pas les mêmes choses que vous.

Il s'en alla. C'était sans doute un effet de lumière, mais l'ombre semblait s'être éloignée.

Sur la route qui conduit au cimetière de Rahoon, il y a un nouvel hôtel. La vache, voilà ce qu'on appelle de la planification stratégique. J'étais tenté d'y jeter un coup d'œil, mais je poursuivis mon chemin.

La chaleur était redoutable. C'est toute l'histoire de ma vie : les hordes se dirigent vers la plage, moi je vais au cimetière. Le soleil se reflétait sur les pierres tombales comme une vengeance calculée. Je m'agenouillai devant celle de Sean et dis :

— Je ne bois plus..., OK ?

Puis j'allais voir Padraig et dis :

— J'ai pas apporté de fleurs. J'ai apporté un poème. Ça veut dire que même si je suis un pauvre salopard, je suis un pauvre salopard *artiste*. Et Dieu sait que vous aimiez les mots. Alors, voici :

ENTERREMENT DE CAMPAGNE

Ils avaient la mer sur leur droite
Se balançant en haut de la colline dans une brise commémorative.
Ici, les champs sont faits de pierre, de tourbe
Et d'arbres morts.

L'église se dresse livide sous un soleil mouillé
Les îles sous le regard dur de sa porte noire
De petites prières montent dans un ciel bas et froid,
Qui n'est plus relié à la terre.

Le moteur du corbillard est désaccordé, la peinture
Noire s'écaille sur la rouille de peau à vif, ses chromes
Pèlent. Chaque chose vient en temps voulu,
Les morts rentrent à la maison.

La transpiration coulait à grosses gouttes. Je m'engageai sur le chemin entre les tombes. Je vis Ann Henderson descendre en sens inverse. On s'était croisés à l'entrée. J'envisageai de faire demi-tour, mais elle m'aperçut et me fit *un signe de la main.*

Quand j'arrivai à sa hauteur, elle souriait. Un fol espoir fit battre mon cœur. Je m'autorisai à ressentir combien elle m'avait manqué.

— Jack !

De manière assez originale, je répondis :

— Ann.

Obligeant mon cerveau à se mettre en marche, je demandai :

— Tu veux aller boire une boisson gazeuse ?

— Avec plaisir.

On descendit vers l'hôtel et elle dit :

— Terrible, cette chaleur, hein ?

Et combien elle était soulagée que Sarah ne passe pas pour une suicidée.

Je ne dis presque rien. Tellement j'avais peur de gâcher la chance infime que je sentais offerte. À l'hôtel, on commanda de grandes oranges pressées, avec des tonnes de glaçons. Elle ne fit aucune réflexion concernant mon choix non alcoolisé. Avant que je puisse me lancer dans une plaidoirie, elle dit :

— Jack, j'ai une formidable nouvelle.
— Ah ?
— J'ai rencontré un homme fantastique.
Je sais qu'elle continua à parler, mais je n'entendais plus rien. Finalement, on se leva pour partir et elle dit :
— J'appelle un taxi, je peux te déposer ?
Je secouai la tête. Pendant un moment effroyable, je crus qu'elle allait me serrer la main. Au lieu de cela, elle se pencha pour déposer un baiser sur ma joue.
Tandis que je marchais vers Newcastle, le soleil me martelait. Je levai le visage et dis :
— Fais-moi griller, salopard.

MOBILITÉ

De retour dans ma chambre, j'étais écœuré. J'avais une telle envie de boire que je sentais le goût du whisky dans ma bouche. Mon cœur était une chose morte dans ma poitrine. À voix haute, je criai de l'irlandais de mon enfance :

— *An bronach mhor.*

C'était à peu près l'équivalent de « Pauvre de moi ! », mais une traduction plus contemporaine pourrait être :

— Je suis foutu.

Ça par exemple.

Autour des cinquante ans, allais-je avoir droit à une nouvelle chance en amour ?

Tu peux toujours rêver.

Une pensée inattendue surgit :

« Ne serait-ce pas génial de quitter Galway à jeun ? »

Cela me fit me lever et avaler un bêtabloquant, en murmurant :

— J'ai des choses à faire, je dois préparer mon départ.

Nick Hornby avait popularisé les listes. Je pouvais en faire une pour ma sortie.

Emporter
3 chemises blanches
3 jeans
1 costume

quelques livres
deux cassettes vidéo.

Puis je dis :

— Aux chiottes, le costume.

Je pouvais emporter presque tout dans un sac à bandoulière et appartenir au passé. Je regardai mon billet d'avion, cinq jours à tenir. Je descendis à la réception, le bêtabloquant refroidissait déjà mon âme.

Mme Bailey demanda :

— Tout va bien, monsieur Taylor ?

— Évidemment.

— Vos yeux ont l'air ravagé.

— Non, non, je me suis mis du shampooing.

On laissa flotter ce mensonge.

Je dis :

— Madame Bailey, je vais m'absenter quelque temps.

Elle ne sembla pas surprise.

— Je vous garderai votre chambre.

— Ça risque d'être assez long.

— Ne vous en faites pas, vous aurez toujours une chambre.

— Merci.

— J'étais heureuse de vous avoir ici, vous êtes un homme bien.

— Oh, je ne sais pas.

— Évidemment que vous ne savez pas, ça fait partie de vos qualités.

— Pourrai-je vous offrir un dernier verre avant mon départ ?

— Jeune homme, j'y tiens absolument.

Une voiture jaune était garée devant l'hôtel. Au-dessus de la plaque d'immatriculation, il y avait un autocollant « CLFD ». Je frappai à la vitre. Sutton dit :

— Ah ! c'est toi.

— Je croyais qu'on était d'accord pour que tu arrêtes de me suivre.

— Je te suis pas, j'attends.

— Où est la différence ?

— C'est toi le détective.

Il descendit de voiture, s'étira et dit :

— Ces planques, c'est l'enfer !

Il était entièrement vêtu de noir. Pull, treillis, Nike. Je demandai :

— C'est quoi, cette tenue ?

— Je suis en deuil.

— Je ne suis pas sûr que ce soit du meilleur goût.

Il plongea la main à l'intérieur de la voiture et en sortit un fourre-tout.

— Je viens chargé de cadeaux.

— Pourquoi ?

— J'ai vendu un autre tableau. Allez, viens, je t'offre un verre... oh, pardon... un café... et je te comble de mes largesses.

Je décidai que ce serait probablement la dernière fois.

On alla chez Elles dans Shop Street. Sutton dit :
— Ils ont un excellent cappuccino.
En effet.
Avec même un petit chocolat italien à côté. Sutton mordit dans le sien.
— Hmm... c'est bon.
— Tu peux prendre le mien.
— T'es sûr ? Ils sont vraiment... à tomber.
Il glissa la main dans le fourre-tout, d'où il sortit deux téléphones portables, et il en posa un devant moi.
— C'est pour toi.
Il posa l'autre devant lui. Je dis :
— J'en veux pas.
— Bien sûr que si. Je les ai eus pour pas cher. Maintenant, on est vraiment proches. J'ai pris la liberté de rentrer mon numéro dans ton répertoire.
Nouvelle plongée dans le sac, et apparition d'un petit tableau encadré. La jetée de Nimmo. Il dit :
— T'es pas obligé de me dire qu'il est réussi, je le sais déjà. Il a surtout de la valeur. Mes tableaux sont des pièces de collection.
Ne sachant pas comment faire, je fus direct :
— Je m'en vais.
— Finis au moins ton cappuccino, bon sang.
— Non, je quitte Galway.
Il semblait véritablement stupéfait et il demanda :
— Pour aller où ?
— À Londres.
— Ce trou de merde. Tu picoles même pas. Comment tu peux aller là-bas à jeun ?
— Beaucoup de gens le font... apparemment.
— Ouais, des gens comme il faut et des zombies. Qu'est-ce que tu vas faire ?
— Louer un appart' à Bayswater et traîner.
— Tu vas traîner ton ennui, oui. Je te donne une semaine.
— Merci pour ta confiance.

— Ah... Londres... nom de Dieu. Quand ?
— Dans cinq jours.
— On va s'offrir un pot d'adieu ou pas ?
— Évidemment.
Je montrai le portable et ajoutai :
— Je peux t'appeler.
— N'hésite pas. La nuit de préférence. Je dors pas très bien.
— Ah bon ?
— Tu dormirais bien, toi... avec un type enterré sous ta fenêtre ?
Je me levai.
— Je te remercie pour les cadeaux.
— De rien. Accroche le tableau dans ton appart' de Bayswater. Bon Dieu.
Il secouait encore la tête quand je m'en allai. Shop Street était en effervescence,

mimes
musiciens
cracheurs de feu.

Un type faisait des maquettes avec du fil de fer. Il construisait des formes ahurissantes en quelques minutes. Je lui demandai s'il pouvait fabriquer un truc précis. Il répondit :
— Tout sauf du fric.
Cinq minutes plus tard, il me tendit ma commande. Je lui filai quelques billets.
— Vous avez vraiment du talent.
— Dites ça à la Commission des activités culturelles.

« Ce jour-là, tu commenceras à posséder la solitude que tu désires depuis si longtemps. Ne me demande pas quand ce sera, ni où ni comment. Sur une montagne ou dans une prison, dans un désert ou dans un camp de concentration. Ça n'a pas d'importance. Tu le sauras seulement quand tu y seras. »

Thomas Merton, *La Nuit privée d'étoiles*

Je me rendis à l'hôpital pour faire ôter mon plâtre à la main. Je regardai mes doigts, ils paraissaient ratatinés, rétrécis. Le médecin me donna une petite balle et dit :

— Pressez-la fermement durant la journée. Vous retrouverez votre force petit à petit.

L'infirmière me dévisageait, je lui dis :

— Quoi ?

— Vous allez pouvoir vous raser maintenant.

Je tripotai ma barbe.

— Ça ne vous plaît pas ?

— Ça vous vieillit.

— Je me sens vieux.

— Je ne vous crois pas.

Je me dis que les infirmières irlandaises allaient me manquer. J'avais donné rendez-vous à Cathy B. au Nestor's. Elle demanda :

— C'est où ?

Je lui donnai les indications. Le beau temps tenait bon et le soleil m'écrasait les yeux.

Au Nestor's, la sentinelle m'ignora, j'en conclus que ma période de célébrité avait pris fin. Je m'assis sur ma chaise et Jeff arriva avec le café. Je déposai mon achat sur la table. Il fit :

— Ouah !

C'était une Harley miniature, parfaite dans les moindres détails.

— C'est ma façon de dire au revoir.

— Vous partez ?

— Ouais.

Il ne demanda pas

où

quand

ni même

pourquoi.

Il hocha simplement la tête.

Cathy entra d'un air dégagé, regarda autour d'elle et demanda :

— C'est quoi ici... une cuisine ?

— Bienvenue, madame... comment ?

— Madame Déçue.

— Hein ?

— Everett a foutu le camp. Il a rencontré une Américaine à Listowel et il s'est barré.

— Bon Dieu, je suis navré.

— Pas moi, c'était un connard.

Jeff approcha.

— Je vous sers quelque chose ?

— Un *spritzer*[1].

Je fus tenté de l'accompagner. Elle regarda Jeff s'éloigner et dit :

— Joli cul !

— C'est un fan de motos.

— C'est mon genre de gars.

Il lui apporta son verre et lui adressa un sourire éclatant. Je me dis que Jeff n'avait pas perdu la main. Cathy dit :

— Vous autres, les vieux, vous avez de la classe.

Je ris comme si c'était sincère et je dis :

— Je pars vivre à Londres.

1. Mélange de vin blanc et d'eau gazeuse.

— Pas la peine.
— Pourquoi ?
— Je suis de Londres... tu as oublié ? Épargne-toi le voyage.
— C'est trop tard. J'ai acheté mon billet.
— Comme tu veux.
Elle but une gorgée et dit :
— Parfait.
— Je parle sérieusement, Cathy. Je m'en vais.
— Le barman, il est marié ?
— Non... Il était dans un groupe dans le temps.
— Je suis amoureuse.
— Cathy... hé... tu veux pas m'écouter une minute ? Tu as besoin d'argent ?
— Non, j'ai plein de concerts prévus.
Je me levai et demandai :
— Tu veux aller faire un tour, donner à manger aux cygnes ?
— Non, je vais rester un peu ici, histoire de draguer ce type.
J'espérais une embrassade, je me serais contenté d'un baiser de la main, je dis :
— À plus tard.
— Ouais, c'est ça.
Je serrai la balle dans mon poing gauche. Si ça servait à quelque chose, je ne m'en aperçus pas.

ORAGES

Je fis un sacré cauchemar. Comme le type qu'on voit dans les films, qui se réveille trempé de sueur et en hurlant :

— Viêt-nam... atterrissage.

Comme ça.

Je rêvais de Padraig, de Sean, de Planter, de Ford, de Sarah Henderson. Alignés devant moi, les yeux obscurcis par la mort, les bras tendus vers moi. J'avais beau courir, ils étaient toujours devant moi. Je hurlais :

— Laissez-moi tranquille ou je bois !

Je revins à moi au milieu d'un cri. Le soleil se déversait par les fenêtres. Jamais je n'avais ressenti une telle peur. Je me levai en chancelant et avalai un bêtabloquant rapidement. Si j'avais encore su prier, je m'y serais mis. Je dis :

Sé do bheatha, a Mhuire.

L'introduction du « Je vous salue Marie » en irlandais. Je commençai à me détendre. Mes premières années d'école s'étaient déroulées uniquement en irlandais. En passant dans la classe supérieure, on devait réapprendre nos prières en anglais. Au cours de la période de transition, je me retrouvai sans prières.

Je croyais alors que, si je mourais, j'irais directement en enfer. Ce furent mes premières nuits de terreur. À mesure que j'apprenais le rythme de la nouvelle liturgie, la terreur s'atténua. Mais, quelque part, l'idée demeura que j'étais mieux protégé en irlandais.

Un hasard heureux allait se présenter. La coïncidence, c'est quand Dieu veut rester discret. Pour échapper aux paparazzi.

J'avais pris ma douche, réussi à avaler un café léger et je m'étais habillé. Vêtu d'une chemise en jean délavée presque blanche et d'un pantalon de velours à fines côtes marron, avec des mocassins, j'aurais pu passer pour une publicité American Express floue.

On frappa à la porte. Bon Dieu, j'espérais que c'était pas Sutton.

Janet.

Elle dit :

— Je déteste déranger.

— Pas de problème.

— Mme Bailey m'a dit que vous partiez.

— Exact.

— J'aimerais vous donner ça.

Elle tendit la main. Un chapelet noir. On aurait dit qu'il brillait. Je le pris. Il ressemblait à des menottes sur le jean. Elle dit :

— Il a été béni à Knock.

— Je suis très touché, Janet. Je le garderai toujours avec moi.

Elle était gênée et j'ajoutai :

— Vous allez me manquer.

Elle rougit jusqu'aux oreilles. C'est une chose qu'on ne voit plus très souvent. Je demandai :

— Vous mangez du chocolat ?

— Oh, mon Dieu, *j'adore.*

— Eh bien, je vous en achèterai une grosse quantité dans une jolie boîte.

— Avec le chien sur le couvercle ?

— Exactement.

Elle repartit avec son fard illuminé.

Je glissai le chapelet sous mon oreiller. J'aurais besoin de toute l'aide disponible.

Alors que je marchais vers la statue de Padraig O'Connaire, un *garda* s'approcha de moi. Je me dis : « Oh oh ».

Il demanda :

— Monsieur Taylor ? Monsieur Jack Taylor ?

Quand ils vous appellent « monsieur », appelez un avocat.

— Oui.

— Le superintendant Clancy voudrait vous dire un mot. Par ici.

Il me conduisit jusqu'à une Daimler noire. La portière arrière s'ouvrit et une voix dit :

— Monte, Jack.

Ce que je fis.

Clancy était en uniforme. Avec les épaulettes et le badge. Il était plus corpulent que lors de notre précédente rencontre. Je dis :

— Tu ne vas pas trop souvent sur les greens ?

— Quoi ?

— Le golf. J'ai entendu dire que tu jouais avec les grands.

Son visage était écarlate, les yeux lui sortaient de la tête. Dans le temps, ce type était moins épais qu'un rat. Il dit :

— Tu devrais t'y mettre, c'est bon pour la santé.

— Tu en es la preuve vivante, je ne peux pas le nier.

Il secoua la tête.

— Toujours fort en gueule, Jack.

Le chauffeur était bâti comme la proverbiale armoire à glace. Les muscles saillaient dans sa nuque. Clancy dit :

— Peut-être que je te dois des excuses.

— Peut-être ?

— Les suicides. Apparemment, tu étais sur une piste.

— Et vous, monsieur le superintendant, vous êtes sur une piste... comme l'endroit où se trouve M. Planter ?

Clancy poussa un soupir.

— Il a filé depuis longtemps. Le fric permet d'acheter pas mal d'influence.

Je ne voulais pas pousser le bouchon trop loin dans cette direction, et je dis :

— Je quitte Galway.

— Ah oui ? Y a-t-il une chance pour que ton pote Sutton parte avec toi ?

— Ça m'étonnerait. Sa muse est ici.

Clancy resta muet, puis :

— Tu savais qu'il avait voulu entrer dans la police ?

— Sutton ?

— Hé oui. Il a été refusé, il y a des critères.

— Tu es sûr ? Ils nous ont pris.

Il s'autorisa un sourire crispé et dit :

— Tu aurais pu aller loin.

— Ouah, peut-être même devenir comme toi.

Il tendit la main. J'étais fasciné par ses chaussures. Des gros machins noirs, si bien cirés qu'on pouvait se voir dedans. Je serrai sa main. Il demanda :

— Tu pars à cause de Coffey ?

— Hein ?... Qui ?

— Tu te souviens de lui, un crétin de Cork.

Je lâchai sa main, détachai les yeux de ses chaussures et dis :

— Ah, oui. Un gros type débile. Mais bon joueur de hurling.

— Il travaille pour moi maintenant, et à l'entendre, cette salope d'Ann Henderson fait la pute pour lui.

Ces paroles restèrent suspendues dans l'air. Je voyais le chauffeur s'agiter derrière le volant. La sueur perla sur mon front. Je sentais le grand sourire de Clancy dans mon dos. Le monde tournoya pendant une minute et je crus que j'allais tomber. Sans doute l'exposition soudaine au soleil. J'attendis une seconde, puis je me penchai à l'intérieur de la voiture. De toutes mes forces, je crachai sur ces belles chaussures de *garda.*

J'entrai chez Supermacs, sur la place. J'avais besoin d'un machin glacé. Je commandai un grand Coca, rempli de glaçons, et allai m'asseoir près de la vitre. J'avais les yeux qui piquaient et je pressai la balle dans ma main gauche à m'en faire mal aux doigts. Je bus une grande gorgée de Coca, je sentis les glaçons tinter contre mes dents. Un nuage rouge sembla déformer ma vision. Encore un peu de Coca et le sucre me donna un coup de fouet.

Ça faisait du bien.

Ma vue s'éclaircit et je cessai de presser la balle. Un homme vint à ma table.

— Jack.

Je levai les yeux. Je connaissais ce visage, mais impossible de mettre un nom dessus.

— Je suis Brendan Flood.

— Ah... l'envoyé de Dieu.

— Je peux m'asseoir ?

— J'aimerais mieux pas, mon pote. J'en ai ma claque des flics.

— Ex-flic.

— Peu importe.

— Faut que je te dise un truc.

— Ça concerne encore Dieu ?

— Tout concerne Dieu.

Il s'assit et je regardai par la vitre. Bien que le soleil brille, j'apercevais des nuages noirs à l'horizon. Flood dit :

— Un orage se prépare.

— C'est une prophétie ou une information ?

— Je l'ai entendu aux infos.

Je ne répondis pas, je pensais qu'il allait me sortir un sermon quelconque et se barrer. Ça pouvait prendre combien de temps ? Il dit :

— Mes condoléances pour la mort de ton ami Sean Grogan.

— Merci.

— Il y a une info.

— Hein ?

— Sur la voiture.

— Vas-y.

— Une voiture jaune.

— Il y en a beaucoup.

— Des témoins oculaires disent que ça avait l'air délibéré.

— Délibéré ?

— Les flics ont interrogé les témoins, mais ils en ont oublié un. Un garçon de onze ans, il relève les numéros d'immatriculation. Il n'a pas bien vu les chiffres, mais il a remarqué un autocollant.

Une pause, puis :

— CLFD.

— Clifden !

Il se leva, désigna d'un mouvement de tête l'orage qui approchait et dit :

— Dieu est très mécontent.

J'avais des courses à faire. Je me rendis chez Holland's pour acheter une méga boîte de chocolats. Avec le joli petit chien dessus. Ensuite, la boutique d'alcools. Je dus chercher, mais je finis par trouver une bouteille en grès contenant du gin hollandais. De retour à l'hôtel, je laissai les chocolats à la réception. Mme Bailey demanda :

— C’est pour Janet ?
— Oui.
— Elle va être folle de joie.
— D’accord pour un petit verre ce soir ?
— Avec joie. Vers onze heures ?
— Très bien.

LA JETÉE DE NIMMO

Sur la rive ouest de la Corrib, elle s'étend du quai de Claddagh jusqu'au-delà du quai de Ringhanah. Dessinée par Alexander Nimmo, elle fut bâtie en 1822. À l'époque, les habitants s'y opposèrent fermement. Elle est restée en service jusqu'à ce que le nouveau port commercial la rende superflue au début des années 1840. Les jetées de Claddagh furent restaurées entre 1843 et 1851, et dès 1852, toutes furent rattachées à la jetée de Nimmo en 1852.

****

Des rats gros comme des chats ont été aperçus sur la rive est de la jetée. Pour l'instant, ils n'ont pas été... baptisés.

Vers sept heures du soir, les cieux s'ouvrirent et une pluie battante s'abattit sur la ville. Lourde et ininterrompue. Couché sur mon lit, j'écoutais. Mon esprit restait vide et refusait de songer aux possibilités infinies.

À onze heures, je descendis au bar. Mme Bailey m'attendait. J'avais enfilé mon costume. Elle était sur son trente et un, et elle dit :

— On est deux gâteux.

Je suis sûr que ce fut une soirée délicieuse. Sauf que je ne m'en souviens pas. Mon esprit avait dérivé vers un endroit glacé et Mme Bailey parlait pour deux. Je sais qu'elle dit :

— Vous ne touchez pas aux trucs forts.

— Pour l'instant.

Elle n'insista pas. Je regardai la pendule au-dessus du bar. Quand elle indiqua deux heures, Mme Bailey dit :

— Il faut que je ferme.

Ses paroles d'adieu :

— Si vous avez besoin d'une amie un jour...

Son étreinte faillit m'émouvoir, mais pas suffisamment.

Je remontai dans ma chambre et regardai par la fenêtre. La pluie semblait encore plus forte, si c'est possible. Je pris mon fourre-tout et mis le gin à l'intérieur. Ensuite, j'enfilai ma veste imperméable de la police. Puis j'appelai Sutton et j'entendis :

— 'lô ?

— Sutton, c'est Jack. Tu m'as dit que tu ne dormais pas beaucoup.

— Exact.

— Il faut que je te voie.

— OK... demain... OK.

— Maintenant ! J'ai une bouteille de gin.

— Ah ! voilà qui est parler. On se retrouve où ?

— À la jetée de Nimmo.

— Hé, y a une sacrée tempête dehors.

— C'est beau comme ça. Merde alors, c'est toi l'artiste, je suis obligé de te convaincre ?

— Du gin par une nuit de tempête. J'adore !

— On se retrouve là-bas.

Pas âme qui vive dans les rues. Quand j'arrivai à Claddagh, le vent menaçait de me balancer dans l'eau. Je voyais les cygnes recroquevillés contre les bateaux.

En arrivant sur la jetée, je m'adossai au mur et je contemplai la baie noire. Elle était d'une beauté farouche. Des phares de voiture tournèrent au terrain de football et descendirent la jetée au ralenti. Les lumières m'éclairèrent. Je fis un signe de la main. Le moteur s'arrêta et Sutton ouvrit la portière. Il portait juste un tee-shirt et un jean, et il cria en s'adressant à la nuit :

— J'adore ça !

Il lutta contre le vent pour me rejoindre.

— Tu as eu une super idée, mon salaud. Où est la gnôle ?

J'ouvris le fourre-tout et lui tendis la bouteille.

— Genever... génial.

Il but une énorme gorgée et je demandai :

— Tu te souviens de la fois où on est allés au bal à South Armagh ?

Il baissa la bouteille.

— Ouais...

— Une voiture nous a suivis et je t'ai demandé dans quel *camp* ils étaient.

— Vaguement.

— Le mauvais, tu as répondu. Et je t'ai demandé lequel c'était.

Il hocha la tête, je continuai :

— Tu as dit : « celui qui te suit à quatre heures du mat' ».

Il émit un rire instinctif, dû au gin en grande partie. Je dis :

— Il est presque quatre heures du matin et tu es du mauvais côté.

— Hein ?

— Tu as tué Sean. L'autocollant de Clifden sur la voiture jaune, quelqu'un l'a vu.

Il posa la bouteille, réfléchit, puis :

— J'ai fait ça pour nous.

— Pour nous ?

Ses paroles se bousculèrent :

— Un soir, tard... au Grogan's, j'étais bourré, j'essayais de me payer sa tête. Je lui ai dit qu'on avait tué Ford.

— Et tu crois que Sean l'aurait répété !

— Pas tout de suite... mais il me détestait. Ce salopard a décroché mon tableau. Tôt ou tard, il aurait appelé les flics.

— Sutton.

Je lui donnai un coup de genou dans les couilles. Je l'agrippai par son tee-shirt et le tirai vers le bord de la jetée. Il hurla :

— Jack... Bon Dieu... Je sais pas nager !

J'attendis un instant, arc-bouté contre le vent, et je dis :

— Je sais.

Je le poussai. Je ramassai la bouteille en grès et la reniflai. La force irradia jusqu'à mes orteils. Je pris mon élan et la lançai loin et haut.

S'il y eut un « plouf », je ne l'entendis pas.

En boutonnant ma veste pour me protéger du vent, je repensai à cette fois dans le pub de Newry. Sutton m'avait pris mon *Lévrier du ciel* et il avait dit :

— Francis Thompson est mort en gueulant. C'est comme ça que meurent les alcoolos !

Je ne pouvais pas vérifier. Le vent était trop fort.

DU MÊME AUTEUR

Aux Éditions Gallimard

Dans la collection Série Noire

R&B — LE GROS COUP, n° 2704

Composition IGS-CP.
Reproduit et achevé d'imprimer sur Roto-Page
par l'Imprimerie Floch à Mayenne
le 3 janvier 2005.
Dépôt légal : janvier 2005.
1er dépôt légal dans la collection : octobre 2004.
Numéro d'imprimeur : 61930.

ISBN 2-07-030411-6 / Imprimé en France.

135206